UN TUEUR EN SORBONNE

René Sussan, pseudonymes : René Réouven, Albert Davidson, est né en 1925 à Alger. Etudes secondaires, armée puisque la guerre est là. Démobilisé en 1945, il entre au Service des Enquêtes économiques où il deviendra commissaire. Comme il n'aime ni les habitudes ni le conformisme, on le retrouve en Israël, dans un kibboutz au Néguev; là, il est tour à tour docker, garde-frontière, cheminot. Il rentre en France en 1951.
Il a un peu plus de trente ans quand paraît chez Denoël *La Route des voleurs,* où il raconte son séjour en Israël. A peine quarante quand son roman *Histoire de Farczi* est salué par la critique et par le Prix Cazes. La même année, 1964, il publie, sous le nom de René Réouven son premier roman policier : *Octave II.* C'est le début d'une très régulière production, des romans policiers tous haut de gamme.

RENÉ RÉOUVEN

Un tueur en Sorbonne

ROMAN

DENOËL

PROLOGUE

« Eh, m'sieur! »

M. Lamory, saisi, arrêta le mouvement de son sécateur. C'était la première fois qu'on le hélait ainsi depuis bien longtemps; très exactement depuis qu'il avait quitté ses fonctions d'instituteur dans le Val-de-Marne pour couler des jours paisibles de retraité à Soulignac-sur-Vayres (Haute-Vienne), son pays natal.

L'appel venait de loin. Autour de lui, le printemps triomphait. Sous l'ardeur de midi, la vie éclatait parmi les sons, les parfums et les couleurs d'une nature en pleine renaissance. Un vent léger courait par-dessus les collines, dont il caressait la tendre chevelure herbeuse. Qui donc disait qu'il n'y avait plus de saisons?

M. Lamory glissa son sécateur dans une des poches de sa démocratique salopette. Il franchit le portail de son jardin, s'avança sur le chemin de terre battue qui en longeait la haie de clôture. Les mains en porte-vue, il examina le long panorama ocre et vert qui descendait doucement vers le rideau de saules de la rivière. Il cligna des yeux, incrédule. Il venait d'enregistrer une vision saugrenue : celle d'une silhouette courbée, filant rapidement d'un bosquet touffu jusqu'à un amoncellement de rocs derrière lequel elle s'aplatit, un peu plus loin... Uniforme et casque kaki, arme indistincte tenue à hauteur de la ceinture.

« C'est un rêve », se dit M. Lamory.

Un soldat à l'affût dans cette campagne sereine, rayonnante de paix quotidienne! Un soldat courant comme sous la menace de tirs ennemis! Impossible! Impensable!... M. Lamory eût d'ailleurs été incapable de situer le personnage, tant dans l'époque que dans la géographie. L'uniforme lui avait paru être l'un de ceux de la dernière guerre mondiale, le casque rond, massif, également. Quant à l'arme!... M. Lamory n'y connaissait strictement rien. Il professait au demeurant pour ce qui touche à la chose militaire, le mépris viscéral de tout enseignant conscient de sa mission sociale, fût-il en retraite depuis déjà dix ans.

Le soleil faisait monter de la terre une brume légère, translucide, qui troublait les détails de la vision. Loin, très loin, on entendait chanter un coq. Seuls les citadins les plus ignares croient encore que le coq ne chante qu'à l'aurore. Un chien lui répondit, dont les abois sans colère soulevèrent des échos paisibles jusqu'à l'horizon. Le mois de juin éveillait toujours chez M. Lamory une douce nostalgie. Il lui rappelait la liesse enfantine qui exaltait cours et préaux à l'approche des vacances. Il avait profondément aimé ces gosses, s'en était voulu moins l'instituteur officiel que le maître d'école à l'ancienne, un peu le second père, le tuteur moral, le directeur de conscience bienveillant et sans férule. Il s'était constamment senti responsable de leurs jeunes âmes, si malléables, si soumises aux tentations et aux dangers du monde moderne. Il se plaisait d'ailleurs à imaginer que s'ils eussent volontiers mis les cahiers au feu, comme le voulait la comptine, ils n'auraient, pour autant, souhaité y placer le maître au milieu. Et il se flattait d'avoir réussi, chaque année, à l'heure où se meurt l'école, à créer dans ses classes cette atmosphère d'intimité un peu provinciale qui redonne toute leur valeur aux efforts consentis en commun. Les gamins y confectionnaient des guirlandes selon la technique sommaire des anneaux de papier entrelacés, et ils fabriquaient des pancartes aux crayons bleus ou rouges, proclamant gaiement : *Vive la Saint-Jean!* (Il s'appelait Jean.) Pour la décoration de la salle, ils sollicitaient ses conseils, se bousculant, se pressant autour de lui, grimpant sur l'estrade. « M'sieur, m'sieur! »

« Eh, m'sieur! »

Cette fois, M. Lamory sursauta violemment. L'appel avait résonné tout près. Mais qui? Il n'y avait aucun de ses anciens élèves qui n'eût atteint ou dépassé l'âge adulte. Désormais, on ne l'appelait plus que Monsieur. D'ailleurs, la voix était étrange, flûtée d'adolescence et en même temps un peu rauque, comme cassée en fin de syllabes. Peut-être déguisée...?

« M'sieur! »

Son cœur faillit s'arrêter. Son ventre pesa une tonne. Sous ses vêtements, une onde de sueur l'avait couvert tout entier. Le soldat était là, devant lui. Il avait dû progresser en rampant le long des talus qui bordaient la route, puis se glisser derrière la haie. Il se tenait maintenant à quelques mètres, accroupi, l'arme braquée. Sa main gauche se levait, index tendu à la façon de l'écolier qui sollicite une interrogation. M. Lamory l'examina avidement, les yeux écarquillés à s'en faire mal aux tempes. Mais on ne distinguait rien du visage sous l'ombre du casque, étroitement cernée de lumière. Quant à l'uniforme, il habillait l'homme d'un anonymat obstiné.

« C'est ridicule », se dit M. Lamory, les jambes faibles.

Ce n'était pas vraiment de la peur. Pas encore. De l'angoisse seulement, angoisse purement onirique, tant il était convaincu de nager en plein cauchemar. Et ce canon, dont la gueule noire le regardait...

Le silence de midi explosa soudain sous la violence sauvage des détonations. Les plus lointaines collines en renvoyèrent l'écho jusqu'au ciel paisible. Mais

M. Lamory ne tomba pas tout de suite. En une circonstance décidément si absurde, son esprit cartésien d'instituteur laïque, gratuit et obligatoire, ne pouvait encore admettre sa propre mort comme une éventualité plausible.

PREMIÈRE PARTIE

LES MYSTÈRES DE LA SORBONNE

I

FRANÇOIS-FRÉDÉRIC reconnut l'homme, sexagénaire repu d'érudition et d'honneurs, professeur titulaire de chaire à l'une de ces universités modernes qu'abrite l'immeuble vénérable de la Sorbonne. Haute taille se refusant à la voussure, cheveux blanchis vers les tempes, profil de médaille romaine, ruban bleu et rosette violette à la boutonnière, il représentait tout ce qu'il haïssait. Intellectuel – lui-même, pourtant, se voulait tel – mais intellectuel par profession plutôt que par nature, il appartenait, comme on dit dans les milieux bien-pensants de l'intelligentsia, à sa propre famille spirituelle.

« Familles, je vous hais... » songea plaisamment François-Frédéric.

L'individu marchait derrière lui dans la galerie des Lettres, d'un pas assuré, dont les murs, décorés de peintures éteintes par le temps, lui renvoyaient un écho attentif, qui résonnait jusqu'aux voûtes du plafond.

« Attends, mon bonhomme », se dit François-Frédéric, qui affichait à l'occasion une manière populaire de penser.

Le personnage lui était familier. Il avait, un jour, rabroué en sa présence un malheureux commis d'administration, à cause d'un empressement jugé trop tiède à satisfaire ses exigences. Plus récemment, il l'avait vu franchir une porte à blount, la main droite portant une serviette de cuir cossu et la gauche négligemment glissée dans sa poche, tandis que la personne qui l'avait précédé dans le couloir, une petite jeune femme soumise à tous les tabous du respect universitaire, lui maintenait le battant ouvert... Non que cet homme se crût d'une essence supérieure – à Dieu ne plaise, il votait à gauche et prétendait délivrer les esclaves de tout le monde quoique supportant mal que quiconque se mêlât de libérer les siens – mais il estimait sans doute qu'une certaine position dans le domaine de l'esprit pouvait bien aujourd'hui procurer des avantages équivalents à ceux qu'avaient assurés naissance ou fortune aux siècles précédents...

François-Frédéric s'attarda une minute, feignant de contempler attentivement la peinture de Théophile Poilpot fils représentant l'île de Philae, puis, le professeur approchant, il grimpa les deux volées de sept marches menant à la cour d'honneur, poussa la porte vers l'extérieur, la maintenant le temps que l'homme arrivât à son niveau. Comme prévu, l'autre négligea de sortir la main de sa poche pour prendre le relais, de sorte qu'il reçut le battant de plein fouet. Il faillit en lâcher sa serviette. D'abord suffoqué, il se redressa, débordant d'indignation. Et il apostropha François-Frédéric, lequel, s'étant bien gardé de s'éloigner, le considérait d'un œil tranquille.

« Eh bien, eh bien?

– Monsieur? » questionna François-Frédéric, confit en sournoise politesse.

L'homme en bredouillait.

« Vous auriez pu garder la porte ouverte, non? »

François-Frédéric répondit :

« Vous auriez dû le faire vous-même quand vous êtes arrivé sur le seuil, c'était la moindre des politesses, mais peut-être avez-vous du mal à appréhender ces nuances? Je vous rappelle que nous sommes ici à la

Sorbonne, pas au Ritz. Et notez que je ne porte pas d'uniforme rouge à boutons dorés. »

Tel Antée reprenant force au contact avec la terre, l'homme retrouva au mot de Sorbonne son insolence existentielle.

« Savez-vous à qui vous avez affaire? demanda-t-il d'une voix rogue.

– A un con, répondit doucement François-Frédéric. Votre personnalité éclate à l'évidence. D'ailleurs votre apparence, comme votre attitude, implique que vous faites partie de l'aristocratie de l'administration, laquelle ne saurait être qu'enseignante.

– Votre nom, votre nom, tout de suite! bredouilla l'autre. Je vais écrire une lettre au recteur et vous verrez ce qu'il va vous en coûter!

– Vous désirez voir mes papiers? s'étonna François-Frédéric avec hauteur. Moi qui croyais que vous apparteniez à l'Education nationale, je vois que vous êtes à l'Intérieur. En ce cas, montrez-moi votre carte de flic, je ne décline pas mon identité à n'importe qui. Eux, au moins, sont payés pour ça! »

L'homme était devenu rouge, puis blême. Il bava :

« Je suis le professeur Mériaume. Je suis professeur, vous entendez.

– Bien entendu », acquiesça François-Frédéric, glacial.

Il ajouta, un mauvais sourire tremblant au coin des lèvres :

« Quant à moi, je m'appelle François-Frédéric Lachouan. Je suis affecté au Service de la scolarité des étudiants étrangers, au deuxième étage. Vous ne l'ignorez pas, nous nous connaissons de vue depuis longtemps... »

Pour regarder sa montre, il eut un ample mouvement du coude, à mi-chemin entre le geste auguste du semeur et le bras d'honneur méditerranéen.

« ... au demeurant, il est deux heures moins cinq, je

n'ai pas encore pris mon service et nous nous trouvons à la Sorbonne, qui est un lieu public. Par voie de conséquence, je vous incague dans tous les azimuts, monsieur le professeur. »

Son interlocuteur renonça à poursuivre la polémique. Le visage livide, les mains tremblantes, il repartit d'un pas saccadé vers sa chaire, tandis que quelques-uns des collègues de François-Frédéric, qui regagnaient leur bureau, commentaient l'algarade sous les arcades de la galerie Rollin. Mme Mainières gloussait, le jeune Faurigne, qui aimait les histoires, se frottait les mains et un peu plus loin, en pardessus cossu et écharpe blanche, son éternel attaché-case à la main, l'ineffable M. Roger, du service des transferts, hochait la tête avec cet air pénétré dont il pensait qu'il devait traduire une profonde sagesse.

« Tu ne l'as pas raté, ce vieux con, hein? jubilait Faurigne.

– Vous devriez quand même faire attention, opinait Mme Mainières, il n'aime pas qu'on lui tienne tête... »

M. Roger concluant de sa voix d'estomac aux redondances ampoulées, qui rappelait irrésistiblement à François-Frédéric, grand cinéphile, le défunt acteur Temerson :

« Il est fort capable de se plaindre auprès de M. le recteur, effectivement.

– En ce cas, j'écrirai aussi, répliqua François-Frédéric, un peu grisé et désemparé par sa victoire. Jour de Dieu, mon style vaut bien le sien! »

Il ajouta, d'un air qu'il voulait désinvolte :

« ... quoiqu'en des circonstances moins administratives, j'eusse vu à cette morgue un remède plus radical : deux balles dans la tête. »

Le professeur Mériaume n'en reçut qu'une, le soir même, dans les toilettes de la galerie Sorbon, mais elle suffit à purger de sa présence la vie universitaire française.

II

Ainsi, après dix-huit ans d'aventures administratives, François-Frédéric avait-il échoué à la Sorbonne, point d'orgue de la géographie culturelle, havre ultime des élites surmenées, cimetière des éléphants pour carrières intellectuelles. Il y occupait un poste moyen dans la hiérarchie des services de l'Education nationale. Trop hostile à l'esprit de compétition pour passer des concours, et assez rétif aux marques extérieures de respect pour ne pas susciter le choix de ses supérieurs, il n'avait pu accéder aux emplois élevés de la Fonction publique auxquels, peut-être, l'eussent destiné ses qualités professionnelles. Il affectait de ne pas s'en plaindre, et de voir, dans cette discrétion sociale, le fruit d'un choix délibéré beaucoup plus que le résultat d'un destin contraire. Il dirigeait vers d'autres cibles ses acrimonies, dont la vigueur quotidienne lui apparaissait comme le signe d'une jeunesse obstinée. « La résignation, proclamait-il, c'est déjà la vieillesse. » Ayant fait sienne la pensée de Cocteau : à vingt ans, on a la gueule qu'on a, à quarante la gueule qu'on mérite, il se plaisait à constater que sans effort ni snobisme, il était resté le même : silhouette mince sans épaules et sans hanches, visage d'hidalgo buriné de nostalgie où des yeux de houille mettaient leur lumière noire, élégance de pensée, de verbe et d'allure que la circonstance ne prenait jamais en défaut.

Il continuait de consacrer à sa garde-robe la majeure partie de son budget. (Au demeurant, il avait peu d'autres appétits, professant pour le viscère un dédain d'acier.) Il choisissait ses vêtements dans le registre de l'extravagance distinguée, complets aux couleurs surprenantes, variant du sable blond au vieil or et du bronze éteint à l'orichalque, gilets flamboyants, cravates inspirées, chapeaux saumon ou crème, dont les bords insolents arraisonnaient le regard, même dans ce quartier Saint-Michel où plus rien n'étonne plus personne...

Professionnellement, il restait antipathique à ses chefs, qui redoutaient son esprit agile comme sa langue caustique, et, par conséquent sympathique aux yeux de ses collègues, lesquels le tenaient pour un personnage amusant, un peu fou, un échappé de bande dessinée, de qui l'on pouvait toujours espérer quelque manifestation insolite propre à nourrir les conversations de cantine pendant un temps raisonnable.

Cette fantaisie, hélas! lui avait valu une vie sentimentale plus que tumultueuse, émaillée de nombreuses liaisons dont la fin, romantique ou sordide, l'avait enfoncé chaque fois un peu plus dans un aigre et méfiant célibat. Pour l'heure, une certaine Mme Echenoz drainait toutes ses pensées et toutes ses nostalgies, sans avoir encore daigné, ainsi qu'on dit dans les meilleurs ouvrages, couronner sa flamme.

Sans relief social ni envergure financière, François-Frédéric pouvait cependant arguer d'un luxe surprenant : la propriété d'un appartement de quatre pièces dans le seizième arrondissement. Cet apanage lui était échu en des circonstances comme, seul, il savait en susciter. D'abord locataire d'une des pièces de ce logement, qui appartenait à une vieille demoiselle, Mlle Mirbois, François-Frédéric y avait vécu pendant des années. Et puis, un jour, Mlle Mirbois, dont les rentes, constamment dévaluées avaient réduit le train de vie à un niveau inférieur à celui du S.M.I.C., lui avait timidement proposé de conclure un viager. Elle n'était guère exigeante, juste de quoi ne pas trop mourir de faim. François-Frédéric avait aussitôt pris feu et flamme : Jour de Dieu, quoi de plus immoral que ce système où l'un des partenaires attend avec des humeurs de vautour que l'autre ait rendu le dernier soupir! Il avait refusé l'arrangement, mais porté unilatéralement son propre loyer à un tel taux que la vieille demoiselle n'y perdait rien. Ce panache, bien dans ses habitudes d'esprit, ne lui avait jusqu'alors rapporté que des déboires. Cette fois, il lui procura un bénéfice inattendu. Mlle Mirbois, seule, sans héritiers, l'avait couché sur son testament pour la totalité de ses biens, lesquels se réduisaient en fait à cet appartement; de sorte qu'à sa mort, François-Frédéric, stupéfait et bouleversé, avait dû contracter un prêt au Crédit municipal afin de pouvoir payer les droits de succession. Et lui, qui avait jusqu'alors dénoncé l'instinct de propriété comme la manifestation la plus mesquine de l'esprit bourgeois le plus étriqué, il avait ainsi rejoint, à peu près malgré lui, le lot de ceux qu'il avait tant vilipendés.

Ce fut dans ce logement cossu qu'il reçut, certain soir de février, une visite des plus surprenantes.

III

« Pupenier! » s'écria-t-il après quelques secondes d'examen attentif.

L'homme, sur le palier, hocha la tête. Il était plus jeune que François-Frédéric d'une dizaine d'années, et son visage long, distingué, aux traits un peu mous, sur une silhouette filiforme habillée de strict, n'était pas sans évoquer ces gravures de mode qui faisaient florès dans les années 30.

« Eh bien, entrez! poursuivit cordialement François-Frédéric, ça fait combien de temps qu'on ne s'est pas vus, six ans?

– Huit. »

François-Frédéric s'effaça pour laisser passer le visiteur qu'il inventoria d'un œil critique.

« Toujours Peter Wimsey, hein? Il vous manque le feutre à bords roulés. »

Pupenier eut un geste vers les patères du couloir.

« Et vous, je vois que vous jouez toujours au Brésilien de *La Vie parisienne...*

– Je suis porté vers la couleur, déclara François-Frédéric, jovial. Moi, l'exotisme ne m'intimide pas... Mais entrez donc! Qu'est-ce que je vous sers?

– C'est que... »

Pupenier s'attardait sur le seuil de la salle de séjour, visiblement embarrassé.

« Quoi! dit François-Frédéric, stupéfait, vous n'allez pas me raconter que vous êtes en service? »

Cette fois, l'homme n'hésita qu'une seconde.

« Oui et non, lâcha-t-il. Mais après tout, je veux bien boire quelque chose...

– Whisky?

– Mon personnage m'y incite », répondit Pupenier, s'asseyant sur la chaise que son hôte lui avançait.

François-Frédéric le considéra, un sourcil levé.

« Vous avez enfin acquis de l'humour, Pupenier. Vous pratiquez pourtant un métier où cette qualité risque de vous desservir. Au fait, vous êtes quoi maintenant, commissaire au moins?

– Encore inspecteur. Il faut le temps.

– Et c'est l'inspecteur qui vient me voir? demanda François-Frédéric, servant deux verres de whisky.

– En un sens... Pupenier marqua ici une pause imperceptible. Je suis tout de même heureux que la circonstance nous permette de nous revoir, Lachouan. J'espère seulement...

– Oui? »

Pupenier tourna la tête vers l'entrée.

« J'ai vu que vous portiez toujours ces chapeaux à larges bords.

– Ce sont des « stetson » d'origine, Pupenier. J'ai mes luxes, et ils en valent d'autres. »

L'homme reposa son verre, massa ses cuisses de

deux longues mains ennuyées avant de reprendre, abruptement :

« Dites-moi, Lachouan, entre nous, que pensez-vous de la mort du professeur Mériaume? »

François-Frédéric demeura interdit une seconde avant d'éclater d'un rire sans contrainte.

« Nous y voilà donc! On vous a rapporté l'algarade, non? Ce qui fait que je figure en bonne place sur la liste des suspects?

– Il y a de ça, murmura Pupenier.

– Mais mon cher, s'exclama François-Frédéric, des suspects, vous en aurez à la pelle! Ce con-là s'était mis tout le monde à dos! C'était exactement l'intellectuel qui déshonore l'esprit, le professeur qui dévalorise l'enseignement, l'homme qui suscite le mépris de l'humanité! Ce que je pense de sa mort? Que la terre est maintenant un peu plus propre.

– Toujours excessif, hein? soupira Pupenier, découragé.

– Vous, par contre, semblez avoir perdu beaucoup de votre charmante spontanéité d'autrefois. C'est la jeunesse qui passe ou le métier qui désabuse?

– Ecoutez, Lachouan, dit Pupenier, les yeux au sol. On vous a entendu vous engueuler avec ce type, on m'a rapporté votre réflexion à propos des deux balles que vous lui souhaitiez...

– Et maintenant, enchaîna François-Frédéric, glacial, vous désirez savoir si j'ai un alibi?

– Ce serait très bien si vous en aviez un, répondit Pupenier, très malheureux. Non que je vous soupçonne particulièrement, mais ça me permettrait déjà d'éliminer une hypothèse.

– Eh bien, je n'en ai pas, déclara François-Frédéric avec une royale simplicité. Qu'est-ce que vous voulez, Pupenier, je suis un solitaire, moi! Et puis, vous ne l'ignorez pas, les innocents n'ont jamais d'alibi. Les coupables, oui, ils prennent soin de s'en préparer... Rappelez-vous l'affaire de l'I.D.F. où nous avions collaboré... François-Frédéric ajoutant fielleusement : ... l'essentiel du mérite vous en était d'ailleurs revenu, brillant inspecteur-stagiaire![1] Maintenant, dites : pourquoi moi? Les gens qui n'aimaient pas Mériaume, il faudrait un répertoire alphabétique pour en avoir une vue d'ensemble.

– Il a parlé avant de mourir », expliqua Pupenier, à contrecœur.

François-Frédéric reposa son verre sur la table, les yeux écarquillés.

« Jour de Dieu, cette baudruche m'a accusé?

– Non, non! s'écria Pupenier, précipitamment, ne sautez donc pas ainsi aux conclusions! Cette dernière parole, justement, personne ne l'a comprise, personne, en fait, n'a pensé à vous... sauf moi.

– Pourquoi?

– A cause de vos... stetsons, répondit Pupenier, appuyant son argument d'un geste du menton vers le couloir. Ce qu'il a dit, juste avant de mourir, et qu'on m'a rapporté, c'est ceci : un shérif...

– Un shérif? répéta François-Frédéric, abasourdi.

– Un shérif.

– Le délire, non?

– Peut-être. Peut-être aussi un dernier éclair de lucidité. Je me suis rappelé vos chapeaux texans... Pupenier hésita imperceptiblement avant de poursuivre : ... dites-moi, à l'époque de l'I.D.F., vous possédiez un revolver, non?

– Je l'ai toujours.

– C'est quoi, comme calibre?

– Un 5-5... autant dire un jouet de dame. Je l'ai acheté il y a bien dix ans, pour m'entraîner... oui, au cas où je me mettrais un duel sur les bras...

– Lachouan! fit Pupenier, les bras au ciel.

– Mais c'est vrai! rétorqua François-Frédéric, hérissé. L'usage du duel avait ceci d'estimable qu'il

1. Voir *Les Humeurs fatales*, même auteur, mêmes éditions.

permettait à la noblesse d'âme de se manifester. Avant, on allait sur le pré; maintenant, on se plaint à son syndicat... »

Il ajouta tristement :

« Tout ça n'empêche pas que je tire comme une grenouille.

– Quoi qu'il en soit, reprit Pupenier, soucieux, ce n'est pas avec une balle de 22 qu'on a tué Mériaume, mais avec une balle de 45, comme il se doit.

– Pourquoi comme il se doit?

– Eh, parce que le 45, c'est l'arme-type du shérif. Par exemple, c'est avec un 45 que le shérif Pat Garett a tué son ami Billy-le-Kid, vous l'ignoriez?

– Je l'ignorais, admit placidement François-Frédéric. Mais sans doute n'avons-nous pas les mêmes lectures? »

IV

Le soir de février tombait sur la Sorbonne. En se penchant un peu, François-Frédéric pouvait distinguer, par la fenêtre, le moutonnement de nuages opaques que l'hiver accumulait derrière la rotonde ardoisée de la chapelle. Il avait plu toute la journée, qui avait donc été calme pour François-Frédéric. Celui-ci professait en effet, volontiers, que le métabolisme des étudiants étrangers était inverse de celui des escargots français : par temps de pluie, ils ne sortaient pas...

C'était là une de ses tâches : recevoir les étudiants, examiner ce qu'on appelle, dans le jargon du lieu, leur « transcript », et établir, au vu de ce sacro-saint cursus universitaire, leurs droits à la formalité nécessaire de l'inscription en troisième cycle, précédée de la formalité non moins nécessaire de la pré-inscription, tant, comme eût dit M. de la Palisse, plus les choses sont compliquées, moins elles sont simples.

Profitant de cette pause dans l'accueil, François-Frédéric avait relevé sur le dernier *Journal officiel*, la liste des titres étrangers admis en équivalence des diplômes français et avec le soin qu'il mettait à toutes choses, il les avait reportés sur son répertoire alphabétique personnel. Il n'écrivait qu'au crayon noir, réfutant la barbare pointe bille et proscrivant le feutre rédhibitoire. Il était d'ailleurs toujours muni d'un crayon d'excellente qualité garni d'une petite gomme en son bout, ainsi que d'un taille-crayon efficace, dont il n'hésitait pas à user en tous lieux.

« La mine de charbon, avait-il expliqué à ses collègues éberlués, constitue une source permanente d'humilité pour le fonctionnaire. Elle lui enseigne que rien n'est définitif et qu'il ne travaille jamais pour l'éternité. La gomme est là pour ménager l'avenir, et non seulement pallier les erreurs du présent, mais aussi corriger celles du passé.

– Oh! vous, alors! » ne manquait pas de s'écrier, en ces occurrences, sa collaboratrice immédiate, Mme Mainières, quinquagénaire rubiconde et théâtrale tout à fait dépourvue d'originalité d'esprit mais au demeurant la meilleure fille du monde.

Pour l'instant, à un quart d'heure de la sortie, elle se refaisait une beauté, à grands renforts de crèmes et de fards, son petit miroir calé contre le pied de sa lampe de bureau. Elle procédait régulièrement à cette opération sous l'œil blasé de François-Frédéric, sans gêne comme sans complexe. Il s'installe à la longue entre collègues une intimité quotidienne d'une telle nature que les petits mystères du sexe finissent par ressortir à une manière d'inceste administratif. Et la jeune Rochelin, du service comptable, notoirement très libre, de résumer cette notion dans le style lapidaire qui lui était propre :

« Je ne couche jamais dans le boulot! »

Mme Mainières se leva, jeta un œil par la fenêtre, gémit sans pudeur :

« Il a plu toute la journée et ça continue! Moi qui n'ai pas pris de parapluie parce que ce matin, le temps était clair. Décidément...

– On ne sait plus comment s'habiller, conclut François-Frédéric, de cette voix glacée qu'il réservait aux lieux communs les plus éculés.

– Bon, je m'en vais, dit Mme Mainières un peu déconcertée. Vous, vous restez?

– Je fais comme M. Roger, répliqua François-Frédéric, acerbe. Je veux qu'on voie la lumière dans mon bureau après l'heure officielle de sortie. C'est bien considéré par les chefs!

– Pourquoi est-ce qu'il vous agace? protesta Mme Mainières. Il n'est pas très intelligent mais il sort d'une excellente famille, vous savez? Tous des intellectuels, des professeurs, des médecins. Il a même eu un oncle au Collège de France!... Mais je vous l'ai déjà dit, non?

– Pas aujourd'hui.

– En tout cas, c'est un brave garçon!

– Je n'aime pas les braves garçons », déclara péremptoirement François-Frédéric.

Mme Mainières haussa les épaules. Resté seul, François-Frédéric s'attarda. Il ne cédait pas, comme il l'avait ironiquement prétendu, au snobisme du travailler-tard, mais il n'avait rendez-vous qu'à six heures avec Mme Echenoz, qui travaillait deux blocs d'immeubles plus bas, dans une maison d'éditions du boulevard Saint-Germain. Il passa cette demi-heure à parcourir son journal. Dans la presse, le tumulte causé par l'assassinat du professeur Mériaume s'était apaisé. Il ne découvrit qu'un petit entrefilet en dernière page : l'enquête se poursuivait, et la police, comme d'habitude, avait le choix entre plusieurs pistes.

Quelques jours après sa première visite, François-Frédéric avait revu Pupenier, qui ne lui avait pas fait mystère des éléments du problème en sa possession. Maigres données : le soir du meurtre, vers sept heures, l'attention des vigiles de garde avait été attirée par une détonation provenant de la galerie Sorbon. En un temps où les attentats devenaient monnaie courante dans le quartier, ils s'étaient aussitôt inquiétés. Ils n'avaient pas tardé à découvrir le corps de Mériaume allongé devant les lavabos. Il avait reçu une balle dans la région du cœur mais il respirait encore. Pupenier avait longuement interrogé les vigiles qui avaient recueilli les dernières paroles du moribond. Tous lui avaient confirmé qu'il avait murmuré « un shérif... » à plusieurs reprises, de façon automatique, comme hallucinée. Les recherches entreprises par les vigiles à l'intérieur du bâtiment – sans conviction et avec le fervent espoir de ne pas rencontrer le tueur, paria en lui-même François-Frédéric – n'avaient, bien entendu, donné aucun résultat. Mériaume, lui, était mort durant son transport à Cochin. Selon le médecin légiste, le coup avait été tiré d'une distance variant entre un et deux mètres, plus vraisemblablement un, car on avait relevé quelques traces de poudre sur les vêtements de la victime.

Les pistes? Aucune en priorité. Toutes les hypothèses avaient été envisagées, à la lumière de ce qu'on savait de Mériaume, auquel son caractère arrogant avait donné beaucoup d'ennemis. Mais aucun de ceux-ci n'eût pu effectuer le meurtre dans des conditions vraisemblables de psychologie. Et comme cet éminent professeur appartenait à de nombreux jurys d'examens, on était allé jusqu'à se pencher sur le cas de certains étudiants recalés aux épreuves qu'il présidait. François-Frédéric avait ainsi appris de Pupenier qu'en une précédente occurrence, un professeur nommé Olmer avait été abattu à Marseille par un étudiant qui le rendait responsable de son échec...

A six heures moins cinq, François-Frédéric se leva, enfila son imperméable, mit son chapeau et sortit, refermant le bureau derrière lui. Passant dans le couloir voisin, il nota que, comme prévu, la lumière était restée allumée chez M. Roger. Etrange M. Roger, qui arborait, sur un torse fluet, un visage lunaire, blafard, où de grands yeux canins, d'un émouvant brun liquide, appelaient curieusement l'affection; écharpe blanche, attaché-case, langage châtié, mais quotient intellectuel assez déficient pour que, sur la recommandation d'une famille très influente en milieu universitaire, on lui eût procuré un emploi subalterne dans un service ressortissant aux trois universités implantées dans le bâtiment. Il s'y occupait du transfert des dossiers d'étudiants qui désiraient, passant de l'une à l'autre, modifier le cours de leurs études. A la longue, il avait fini par assumer correctement cette tâche, dont les différentes phases étaient entrées dans ses habitudes d'esprit, mais il ne fallait rien lui demander d'autre. C'était peut-être un brave garçon – se dit François-Frédéric, sans indulgence – mais simplement parce qu'il n'avait pas les moyens intellectuels et physiques d'être différent. Lui-même avait cependant envers M. Roger un motif de reconnaissance : c'était lui qui lui avait présenté Mme Echenoz.

En bas, au coin de la galerie des Sciences, il faillit se heurter au professeur Veauce, de l'U.E.R. de musicologie. Par sa timidité, sa maladresse et ses mines de lapin contrit, le professeur Veauce était l'un des rares enseignants qui trouvât grâce à ses yeux : un petit bonhomme aux cheveux blancs mal plantés en épis autour de ses grandes oreilles, aux paupières vacillantes, aux dents inquiètes comme en quête d'une herbe culturelle qui serait plus verte ailleurs.

Ils se saluèrent courtoisement, François-Frédéric maintenant la porte à l'homme pour le laisser passer, ce qui lui valut des remerciements à la mesure de cette attention. L'autre, encouragé, lui adressa la parole :

« Vous ne savez pas si le secrétariat de mon U.E.R. est toujours ouvert?

– Ça m'étonnerait, répondit aimablement François-Frédéric, il est près de six heures. Mais vous savez, ils sont au troisième et moi au deuxième, alors je ne garantis rien.

– C'est ma faute, expliqua nerveusement le professeur Veauce. J'arrive de la bibliothèque, rue Michelet, et mon bus a été retardé par les encombrements... Tant pis, ça ne fait rien, j'irai dans le petit bureau des professeurs. A cette heure-ci, il n'y a personne. »

François-Frédéric s'en moquait royalement, mais il feignit d'acquiescer. Il resserra son imperméable, traversa la cour d'honneur, où les réverbères à l'ancienne diffusaient une douce lumière orangée, qui habillait de romantisme le pavé luisant.

L'autre, empruntant la galerie Richelieu, gagna l'escalier G. qui menait à l'U.E.R. de musicologie. Il marchait d'une allure hésitante, et son pas était celui d'un étranger. Il ne s'était jamais senti chez lui à la Sorbonne. C'était un bâtiment trop vaste, trop plein de contradictions et d'anachronismes pour favoriser, chez ceux qui le fréquentaient, même assidûment, le moindre sentiment d'intimité. Depuis que Nenot l'avait reconstruit, en 1869, sur les fondations de l'ancienne faculté de Théologie, la démographie galopante de la population estudiantine avait obligé les architectes contemporains à en repenser la géographie au début de chaque décennie. Il en était né une métropole insolite, où deux siècles se carambolaient, où la logique topographique était constamment violée, où les plans les plus étranges, les perspectives les plus déconcertantes, contribuaient à élaborer une géométrie aux lisières de l'euclidien, dans laquelle Ariane elle-même eût fait des nœuds à son fil. Des degrés de marbre somptueux menaient à de petits couloirs sordides, tandis que d'austères galeries, aux arcades bruissantes d'échos furtifs, débouchaient sur des amphithéâtres sans horizon noyés d'ombre. Et sous chaque recoin, se lovaient des escaliers de bois aux airs odieusement dérobés, dont les marches luisaient comme autant de ricanements.

L'oreille elle-même subissait les effets de cette dissonance architecturale. L'abondance des tuyauteries, la disparité des aîtres, engendraient des sonorités surnaturelles, qui altéraient la lucidité du voyageur égaré, subornaient sa raison, corrompaient son identité elle-même, jusqu'à l'introduire dans un monde différent, un univers à la fois tout proche et très lointain, où l'irréalité eût été la règle. Il était arrivé une fois au professeur Veauce une bien singulière aventure. Perdu dans les méandres de ce bâtiment qu'il connaissait mal, il avait descendu un étage de trop, et s'était retrouvé dans les sous-sols, sous des voûtes de pierre brute qui étouffaient tous les échos. Pourtant, une symphonie étrange lui y était parvenue, grâce aux tuyaux d'anciennes conduites de gaz, condamnées depuis qu'on s'éclairait à l'électricité. Et cet hymne inhumain qui investissait l'ouïe, cette arrogante et subtile théophanie, l'avait, un moment, fondu d'angoisse, privé de tout esprit d'analyse. Ce n'était qu'un peu plus tard, ayant retrouvé son chemin, qu'il en avait identifié la musique : elle provenait simplement d'un orgue disposé dans l'une des salles de sa propre U.E.R., au troisième étage. Les caprices de l'acoustique, la magie du lieu, en avaient transcendé les accents jusqu'à une dimension fantastique...

D'ailleurs, même à présent, parvenu au sommet de l'escalier qui menait au secrétariat, il croyait entendre comme un reflet sonore lointain à ses propres pas sur le dallage du corridor. Il s'arrêta pour écouter. Le silence était retombé. Il était plus de six heures et la population administrative avait évacué le bâtiment, qui devait être à peu près désert, sauf en bas, dans la bibliothèque et à l'entrée de la rue de la Sorbonne, où se tenaient les vigiles. Il reprit sa marche. A sa gauche, les fenêtres ne lui concédaient plus que le jour mourant venu de la rue Saint-Jacques. Il traversa un grand hall, éclairé par plusieurs luminaires en cuivre ouvragé, et il fut, durant une minute, au centre d'un cirque d'ombres centrifuges qui rampaient à terre, puis dansaient contre les murs.

« Il faut que je me dépêche, se dit-il. Ils vont peut-être bientôt tout éteindre... »

Il avait une conscience aiguë, angoissante, de l'hémorragie humaine qui, en quelques minutes, chaque soir d'hiver, livrait le bâtiment aux êtres de la nuit, hybrides nés du mariage contre nature entre lambris et fluor, théologie et informatique, hier et demain. Hypersensible, porté, comme tous les artistes – car il composait – vers l'univers parallèle des songes et des choses informulées, il s'était souvent plu, lorsqu'il se trouvait seul dans ces lieux ambigus, à imaginer un peuple secret, accouru la nuit pour reprendre sa place et ses occupations. Miroir de ses fantasmes, projection de ses nostalgies, il y avait là, non seulement les assassinés de la rue Coupegueules, vomis par le Moyen Age pour revendiquer, en dernière sépulture, la rue de la Sorbonne, mais aussi toutes les grandes ombres de ce Panthéon idéal, de la bure de Robert de Sorbon au frac de Woodrow Wilson, en passant par la pourpre de Richelieu et la dentelle de Condé; de Jean Buridan, échappé aux légendes abusives de la Tour de Nesle pour prêcher ici le nominalisme selon Occam à Guillaume Budé, du Collège de France, venu hanter en voisin...

Il dressa l'oreille. Cette agaçante impression d'un écho à ses propres pas ne cessait de le poursuivre.

« J'ai trop d'imagination, pensa-t-il, exaspéré. A force de rêver aux fantômes, je vais en susciter... »

Le secrétariat, comme prévu, était fermé. Heureusement, il possédait la clef du cabinet de travail contigu réservé aux professeurs. Il l'introduisit dans la serrure, ouvrit, alluma l'électricité, qui lui dévoila un monde clos de classeurs et de bureaux. Derrière lui, les ténèbres s'appesantirent. Il fouilla dans sa serviette pour y rechercher la partition qu'il rapportait de la bibliothèque de musicologie de la rue Michelet.

Alors qu'il s'approchait des meubles de classement, son haleine se suspendit, ses gestes se tétanisèrent : il entendait respirer, quelque part derrière lui, et cette fois, il était sûr qu'il ne s'agissait pas d'une illusion. Sans bouger d'un pouce, sans rien dire qui pût accélérer le cours d'un destin proche, il dirigea son regard de côté. Le chambranle de la porte était d'un noir absolu. Il secoua la tête, déglutit. Le bras levé, il s'immobilisa une minute avant de reclasser la partition. Et de nouveau, cette inquiétude forcenée. Car c'était affreusement net : on respirait, dans le couloir, juste derrière la porte.

« Il y a quelqu'un? » chevrota-t-il.

Rien. Le silence et la nuit.

« Il y a quelqu'un? » répéta-t-il, si bas qu'il s'entendit à peine lui-même.

S'il y avait quelqu'un, il se tenait coi. Et cette volonté de rester caché déclencha, chez le professeur Veauce, une panique glacée, paralysante. Lentement, péniblement, il s'obligea à esquisser un pas vers la porte. Un vertige d'angoisse emporta tout ce qui lui restait de raison. Cette silhouette immobile, là, sur le seuil était un défi au bon sens, un spectre absurde surgi du fond des siècles, avec son arme archaïque braquée sur lui... Il voulut lever le bras, tenta désespérément d'articuler une parole, la langue collée au palais, du plomb dans les articulations.

Le choc le fit chanceler. En lui, la souffrance s'irradia, d'abord lentement, puis très vite devenue arrogante, impérieuse, affolante. Il ouvrit la bouche, comme un poisson tiré hors de l'eau. Ses doigts s'étaient refermés sur une épaisse tige de bois, qui dépassait de sa poitrine. Il rassembla toute son énergie pour ne pas tomber... pas tout de suite.

Dans le couloir, il n'y avait maintenant plus personne. Au fond des ténèbres de son agonie, seule palpitait une pâle pensée, cette réaction ultime, féroce, désespérée, des faibles que révolte l'injustice... car y avait-il plus grande injustice que sa mort? Il lui fallait laisser quelque chose, un témoignage, la plus infime des traces qui pût permettre que ce crime ne demeurât pas impuni.

De ses dernières forces, il s'agrippa à l'un des tiroirs, ses doigts tremblants répandant les feuillets tout autour de lui... Enfin, il tomba d'un bloc, en arrière, sa main gauche refermée sur l'une des partitions. Sa joue, à jamais insensible, heurta sans douleur le dallage du bureau.

V

Mme Echenoz se méfiait de l'amour, ce qui n'était pas fait pour encourager les élans du cœur chez François-Frédéric. Pourtant, tout avait très bien commencé. Dès leur première entrevue, le contact psychologique avait été immédiat, les atomes crochus, comme on dit... C'était M. Roger qui était à l'origine de leur rencontre, et François-Frédéric n'était pas près d'en oublier les circonstances. M. Roger – ami d'enfance de Mme Echenoz, devait-il apprendre par la suite – avait, un jour, consenti à mener celle-ci, grande mélomane, aux concerts de Midi, donnés à intervalles irréguliers dans l'amphithéâtre Richelieu, à la Sorbonne. Mais apparemment, lui-même n'appréciait pas plus la musique que l'état de mentor. Lors, ayant par hasard rencontré dans la cour d'honneur François-Frédéric, notoirement assidu de ces manifestations musicales, il s'était dépêché de les présenter l'un à l'autre, déclarant de cette étrange voix de gorge, comme gonflée d'elle-même :

« Lachouan, qui est fort averti de ces choses, sera pour toi un guide excellent.

– C'est ça, avait répliqué Mme Echenoz, débarrasse-toi de moi, fripouille! »

M. Roger avait secoué la tête en riant silencieusement, comme les bons Noirs dans la période rose d'Hollywood. Ils étaient donc restés un peu nigauds, plantés sur les marches de la chapelle, quelque part entre Victor Hugo et Louis Pasteur. Cependant, très vite, la gêne avait fondu. Ils avaient eu mutuellement conscience de l'instinctive sympathie qui les portait l'un vers l'autre. Ils avaient finalement la même optique des choses de la vie, même s'ils y réagissaient de façon très différente. A la fin de ce premier concert, François-Frédéric s'était autorisé à lui demander son prénom. Elle avait répondu :

« On m'appelle Mimi, mais mon nom n'est pas Lucie. C'est tout benoîtement Mireille. »

Dans un accès d'audace lyrique, François-Frédéric avait alors enchaîné :

« Mais vous n'êtes pas une voisine importune qu'il faut quitter, même sans rancune. Puis-je vous appeler Mimi? »

Elle s'était écriée, riant sans affectation :

« Oh! oh! mon cher, auriez-vous l'âme d'un Rodolphe comme vous en avez le chapeau? »

C'était une grande pouliche blonde aux humeurs folles et aux cheveux sages, dont les dents un peu fortes n'arrivaient pas à déparer la longue aristocratie du visage. Cette Mimi spontanée et sans conformisme, qui possédait sur son illustre homonyme l'avantage de jouir de poumons en excellent état, manifestait une jovialité naturelle dont le magnétisme avait, dès l'abord, séduit François-Frédéric, un triste au fond, porté à l'analyse et à la délectation morose, qui riait surtout de ses propres malheurs et ne pratiquait l'humour que s'il était noir.

Ils s'étaient revus de plus en plus souvent, d'abord

aux concerts de Midi, puis hors de ce contexte d'origine, dînant ensemble ou allant au cinéma voir des films rares. Peu à peu, s'était ainsi établi entre eux un climat psychologique très particulier. Ils ne se cachaient pas leur mutuelle attirance, mais ils se gardaient de lui donner trop vite une dimension définitive, jouant avec les paradoxes, cultivant le lieu commun au second degré et faisant, comme dit la chanson, de l'ironie sur le bonheur. C'était amusant, désinvolte, parfois un peu scabreux. Il l'appelait Mimi, parce que c'était romantique et bien senti, elle l'appelait F.-F., parce que François-Frédéric, c'était trop long, et ils se disaient toujours « vous ». Elle divorcée, lui célibataire, ils caressaient sans hâte le temps qui leur appartenait, apprenant à mieux se connaître à petites touches quotidiennes, très agréables, souvent grisantes...

Ce soir-là, François-Frédéric vint la chercher à la sortie de la maison d'éditions où elle travaillait comme correctrice. Ils allèrent au cinéma, dans l'une des salles du carrefour de l'Odéon, puis dînèrent d'une assiette scandinave dans un pub feutré de la rue de l'Ancienne-Comédie. Le décor était intime, les lumières tamisées, les garçons sans style excessif mais aimables, et l'aquavit portait François-Frédéric à un lyrisme un peu suspect, si bien que Mimi Echenoz, qui n'aimait pas le grave, s'empressa de détourner la conversation. Elle la mit sur M. Roger, à qui, finalement, ils devaient de se connaître. François-Frédéric lui dit, à ce propos, combien une telle appellation l'avait surpris lorsqu'il était arrivé à la Sorbonne...

« Le « Monsieur », suivi d'un prénom, je croyais que ça ne s'appliquait qu'aux maquereaux ou aux fils de patron dans les entreprises familiales. J'ai appris ensuite que, tout jeune, sa famille avait réussi à le caser dans les services de l'Education nationale, où son père et son oncle occupaient des postes élevés. Il y a, dans le « Monsieur », la déférence qu'on doit à des protections influentes et, dans l'usage du prénom, la familiarité un peu moqueuse dédiée à ceux dont l'ancienneté dans le sérail est le seul titre de gloire...

– Comment le traite-t-on?

– Avec une indulgence souvent irritée. Il a été longtemps la cible des quolibets du personnel de service jusqu'à ce que, brusquement, l'un des chefs de file de ses persécuteurs, un agent-chef de la chaufferie, Badinguet, ait décidé de le prendre sous sa protection.

– Badinguet? s'écria Mimi. Ce n'est pas vrai, F.-F.! On ne peut pas s'appeler Badinguet!

– Exact. Je lui ai donné ce surnom parce qu'il ressemble à Napoléon III, porte moustache en pointes et bouc coquin. Un con fini, d'ailleurs, mais qui, sans doute, a jugé doux et rassurant de s'être découvert un inférieur dans le domaine de l'esprit. Il ne permet plus qu'on lui rende la vie difficile.

– C'est un brave garçon, sans une once de méchanceté, dit pensivement Mimi. Pendant une partie de notre enfance à L'Hay-les-Roses, nous avons usé nos fonds de culotte sur les bancs de la même école. Nous nous sommes ensuite perdus de vue, puis retrouvés dans le quartier... A la façon dont vous en parlez, F.-F., j'ai l'impression que vous ne l'appréciez pas tellement. Pourquoi? Pas à cause de son quotient intellectuel, tout de même? »

François-Frédéric s'expliqua :

« Non, Mimi, ce qui m'agace surtout chez lui, c'est cette espèce de dévotion forcenée qu'il montre pour tout ce qui est institutionnel. Il s'habille comme un catalogue de La Redoute, parle comme un livre scolaire et réagit comme un élève qui fayote...

– Eh bien, là, je vais vous apprendre quelque chose, rétorqua Mimi Echenoz, le doigt tendu. Savez-vous qu'à l'âge de dix ans il s'est fait pincer pour vol dans un grand magasin?

– Non! béa François-Frédéric.

– Ça surprend, hein? Bien sûr, la famille a étouffé l'affaire, et plus tard, l'adolescence l'a assagi, mais, enfant, il était plutôt difficile, turbulent, porté aux fugues... On dit caractériel, non?

– Vous voyez, il remonte dans mon estime, dit François-Frédéric, souriant. Qu'est-ce qu'il avait volé?

– Qu'est-ce qu'on vole à dix ans? Un jouet.

– Il en était privé?

– Jamais de la vie! Vous n'avez pas connu ses parents! Ce... ce malheur, comme on dit, les avait culpabilisés. Et pour cet enfant un peu retardé, il n'y avait rien de trop beau : modèles réduits sophistiqués, puzzles somptueux, vélo, train électrique, et tous les livres du monde!

– De toute façon, conclut François-Frédéric, il peut se consoler en se disant qu'il y a, à la Sorbonne, des gens beaucoup plus cons que lui, même si ça n'apparaît pas au premier regard... »

Un peu plus tard, dans la nuit fraîche que les noctambules avaient désertée, il la raccompagna jusque chez elle. Elle habitait tout près, rue Monsieur-le-Prince, et, sur le seuil de son immeuble, il lui demanda, d'un ton dont la légèreté tremblait un peu aux consonnes :

« Les escaliers sont peu sûrs, par les temps qui courent. Vous ne voulez pas que je vous raccompagne jusqu'à votre porte? »

Elle le regarda, la tête penchée, les paupières laissant filtrer un œil acéré :

« Et là, vous me demanderez de prendre un dernier verre?

– Je n'userais pas d'un si misérable artifice, murmura-t-il.

– Je vous fais confiance, F.-F., dit-elle en souriant. Vous auriez sûrement imaginé quelque chose de plus original. C'est bien pourquoi je vous aime et je me méfie de vous... »

Il eut un mouvement d'humeur.

« Enfin, Mimi, nous sommes libres tous les deux! Jusqu'à quand allons-nous nous conduire comme des collégiens?

– Pas de comparaisons idiotes, F.-F., répliqua-t-elle. Les collégiens en savent plus que vous et moi... même si, finalement, ils font l'amour comme on se brosse les dents... »

De l'index, elle lui caressa la joue, dit, d'une voix un peu sourde :

« Comprenez-moi. Je ne suis pas une allumeuse, mais j'éprouve une sorte de paresse pathologique à la passion. J'ai été mariée, Dieu sait si ça n'a pas été une réussite!

– Vous avez été malheureuse? demanda-t-il platement.

– Pire : je me suis ennuyée. Mortellement. Alors, maintenant, je suis lâche. J'ai peur du sublime, du définitif, de l'irrévocable, et je ne me sens à l'aise que dans l'attente des choses. C'est si difficile, si... douloureux de rompre un attachement qu'on a cru durable!... »

Changeant de registre avec cette facilité déconcertante et si séduisante chez elle, elle conclut, agitant ses cheveux :

« Bon, sur ce, *ciao*! Et ne vous laissez pas abattre!

– J'aurai du courage, promit-il, avec un pâle sourire.

– Je parlais au sens propre, F.-F.! répliqua-t-elle, dans un grand rire sonore. Il paraît que vous avez un tueur chez vous, non? Celui qui a descendu ce professeur... le professeur... j'ai oublié son nom.

– C'est la meilleure chose qui pouvait lui arriver », déclara François-Frédéric, sans charité.

Alors qu'il traversait le boulevard Saint-Germain pour aller récupérer sa voiture au parking souterrain, il entendit l'appel lancinant d'une ambulance, ponctué par le signal plus agressif d'une voiture de police. Les deux véhicules, soulevant un vent furieux, empruntèrent à toute allure le couloir du boulevard Saint-Michel réservé aux autobus pour tourner à gauche, un peu plus loin, dans la rue des Ecoles, vers la Sorbonne.

VI

Entrant, ce matin-là, à la Sorbonne, par le 46 de la rue Saint-Jacques, François-Frédéric nota une animation inaccoutumée dans la petite cour située en contrebas de la galerie des Sciences. Les ouvriers de la chaufferie y discutaient vivement devant l'entrée des sous-sols, avec quelques employés du service du courrier. Menait le débat, Badinguet, celui-là même dont François-Frédéric avait parlé la veille à Mimi Echenoz.

Ce Badinguet – de son véritable nom Guédéniaud – l'un des plus anciens fonctionnaires du bâtiment, était agent-chef ou chef ouvrier, François-Frédéric, mal familiarisé avec la terminologie du personnel de service, n'eût pu le dire, mais en tout cas, chef de quelque chose. Sur les lieux de son travail et à la cantine, il arborait sa condition ouvrière avec une ombrageuse fierté : mains douteuses, salopette bleue ostensiblement maculée, imposant trousseau de clef à la ceinture, mais, dès sa journée terminée, la transformation était radicale. Ce Cendrillon de la chaufferie devenait alors un élégant quinquagénaire, en complet trois pièces, cravate et chevalière d'or à l'annulaire. Célibataire endurci, il arpentait chaque soir le boulevard Saint-Michel, promenant sur les jolies femmes un œil souverain, apparemment convaincu qu'une assurance aussi clairement manifestée ne pourrait manquer de séduire. On avait dû lui dire qu'il rappelait Napoléon III, car il accentuait cette ressemblance en cultivant bouc et moustaches en pointes.

Il était arrivé un jour à François-Frédéric de se trouver assis près de lui à la cantine. L'autre l'avait alors entrepris sur l'importance de ses fonctions à la chaufferie et sur sa science des arcanes du bâtiment, où il régnait en maître depuis des décennies. Comme chaque fois, il en avait évoqué à mots couverts les lieux les plus secrets, notamment ces mystérieuses galeries souterraines qui eussent mené jusqu'à la Seine. Incrédule par nature, François-Frédéric imputait ces imaginations à une lecture trop attentive du *Fantôme de l'Opéra*, du regretté Gaston Leroux[1] mais il ne doutait pas que l'esprit faible de M. Roger, très soumis à la quotidienne influence de Badinguet, n'y fût sensible...

Car, bien entendu, il était là, M. Roger, qui, à l'ombre de son protecteur, écoutait gravement en hochant la tête. Il souleva son chapeau au passage de François-Frédéric, qui ne put que lui rendre la politesse. Dans son bureau, François-Frédéric trouva une Mme Mainières fébrile, de qui la lèvre supérieure frétillait allégrement. Le symptôme ne trompait pas : elle avait quelque chose à lui apprendre.

« Je vous écoute, lui dit-il sans phrases, ouvrant son vestiaire, où il déposa son chapeau sur la tablette et suspendit son imperméable de gabardine.

– Alors, vous ne savez pas? demanda Mme Mainières, la voix gourmande.

– Je ne voudrais pas vous frustrer d'un plaisir. C'est...?

– Une histoire terrible!

– Ah?

1. François-Frédéric est lui-même victime de son scepticisme excessif. Ces galeries existent bel et bien, mais leur accès a été muré depuis les événements de Mai 68.

– Un événement à donner le frisson!
– Ah! Bon.
– Une horreur, monsieur Lachouan!
– Mais encore?
– Ce que c'est que de nous, tout de même!...
– On est bien peu de chose, effectivement, reconnut François-Frédéric. Sur ce, je m'en vais rendre une petite visite à Faurigne. Pendant ce temps, vous voudrez bien réfléchir à la façon de m'assener la nouvelle, mais je vous préviens, je ne suis pas trop porté sur la Sévigné... »

La laissant consternée, il se rendit au service des Examens, à l'étage au-dessous. Il aimait bien Mme Mainières, mais recevait mal certains de ses travers. L'un de ceux-ci concernait notamment le chiffre 33. Il suffisait qu'on prononçât devant elle, à un propos ou un autre, les mots « trente-trois ans », pour qu'elle s'écriât aussitôt, au terme d'un rire cascadant :

« Oh! Oh! l'âge du Christ. »

Personne n'avait jamais pu déterminer la cause profonde de cette hilarité, ni deviner quelle fine référence pouvait bien se situer à la base d'une telle réflexion. En tout cas, elle n'y manquait jamais.

Aux Examens, François-Frédéric tomba en pleine fièvre professionnelle. Il s'agissait, pour Faurigne et sa collègue, Mlle Sanas, accrochés à leurs appareils téléphoniques, de constituer plusieurs jurys d'examen en vue des doctorats d'Université réservés aux étudiants étrangers, qui devaient se dérouler trois mois plus tard. Et comme d'habitude, même en s'y prenant si longtemps à l'avance, il paraissait impossible de réunir le même jour, aux heures prescrites, l'ensemble des sommités pressenties...

« Tu parles! râla Faurigne avant que François-Frédéric eût pu placer un mot. Ces messieurs sont trop importants, ils appartiennent à trop d'organisations, de comités, de commissions, ils participent à trop de colloques, de symposiums, de séminaires, ils sont accablés de trop de tâches hautement pédagogiques pour daigner distraire une bribe de leur précieux emploi du temps! Le doctorat d'Etat, le troisième cycle, oui, mais le D.U., pour eux, c'est de la merde, ils ne se privent pas de le laisser entendre! Un hochet intellectuel, un gadget qu'on distribue aux étudiants étrangers pour que le mot « Sorbonne » soit inscrit sur leurs diplômes... parce que chez eux, figure-toi, ça leur ouvre toutes les portes, ce qui prouve bien que les étrangers sont aussi cons que les Français! Pourtant, pas question de supprimer ce divertissement *made in Paris*! Il paraît que c'est bon pour la présence française dans le monde! Alors nous, les petits, les obscurs, les sans-grade, la piétaille de l'esprit, la chair à canon du diplôme, l'infanterie culturelle, nous sommes obligés de nous crever le cul pour concilier les dédains des grands cerveaux qui nous gouvernent avec les nostalgies de ces tâcherons de la cellule grise qui prétendent à d'abusifs lauriers! Si au moins ils étaient tous tracassés par le démon de la politique, comme Bergenschwartz, qui colle automatiquement un minimum de 13 à tous les candidats pour garantir son image de marque, mais non! Ces connards-là méprisent les tâches bassement administratives en même temps qu'ils désirent garder la haute main dessus et montrer à l'occasion une sévérité de bon aloi! »

Ce lyrisme explosif fut freiné par la sonnerie du téléphone. Comme d'habitude, Faurigne dit : « Me... e... e... rde... » très longuement, pendant l'intervalle de deux sonneries, puis, sur l'erre de la troisième, il décrocha, proférant gravement – toujours comme à son habitude : « Ils nous cassent les roubignolles! » Le rite était tel que le correspondant entendait régulièrement le dernier mot de la phrase, sans pouvoir le resituer dans un contexte précis, si bien qu'un jour, un étudiant japonais avait timidement demandé à François-Frédéric si « Roubignolles » était une formule plus exquisement polie qu'on employait en France à la place du banal « allô ». Bonne âme, François-Frédéric s'était empressé de le détromper. Il n'avait pas jugé nécessaire, toutefois, de lui exposer les tenants et aboutissants de la chose.

La conversation terminée, Faurigne demanda d'un air las à François-Frédéric :

« Ça va, toi?

– Ça va, dit François-Frédéric. Mais qu'est-ce qui se passe? Mme Mainières est dans tous ses états.

– Quoi, dit Faurigne, l'œil rond, tu n'as pas lu les journaux?

– Pas encore, pourquoi?

– Veauce!

– Veauce? Le prof de musico? Qu'est-ce qui lui arrive?

– La pire des choses, mon bon... Couic! »

D'un geste éloquent, Faurigne passa le tranchant de sa main sur sa gorge.

« Quoi, dit François-Frédéric, abasourdi, égorgé?

– Pas égorgé, non, c'est façon de dire, mais bel et bien trucidé, occis, comme le Mériaume!

– Mais enfin, c'est dingue! s'écria François-Frédéric, consterné. Je l'ai encore rencontré hier soir, il revenait de la rue Michelet. Il était bien vivant!

– Tu as entendu parler de La Palisse?

– Et c'était aussi une balle de 45?

– Une... quoi? Ah! tu penses à l'autre. Non, lui, c'est différent, il s'est attrapé un carreau.

– Comment, un carreau? Un morceau de vitre?

– Non, tu sais, ces espèces de flèches courtes qu'on lançait avec une arbalète, autrefois.

– Et ça l'a tué?

– Bien sûr. Je te rappelle qu'à l'époque, c'était étudié pour! Et pas seulement pour descendre les pommes sur la tête des enfants suisses! Il paraît qu'une ronde de vigiles l'a découvert dans le bureau des professeurs de son U.E.R. aux environs d'onze heures du soir, raide, les yeux au plafond, une ultime partition musicale serrée dans sa main... tombé au champ d'honneur, quoi!

– J'étais dans le coin, cette nuit, dit François-Frédéric d'une voix sourde. J'ai vu passer une ambulance. Je croyais qu'un des fonctionnaires logés à la Sorbonne avait eu un malaise, mais ça... merde alors! »

Il se leva fébrilement.

« Je dois téléphoner. Je peux d'ici?... J'aimerais autant ne pas exciter la curiosité de Mme Mainières. »

Sous deux paires d'yeux attentifs, il composa le numéro de ligne directe que Pupenier lui avait confié. Il eut de la chance.

« Pupenier? Ici Lachouan. Il s'agit de Veauce, bien entendu. Vous êtes chargé de l'affaire, je présume? »

Pupenier répondit prudemment :

« Géographiquement, c'est mon secteur. Criminellement, ça reste à déterminer, mais ça en prend, hélas, le chemin.

– En ce cas, cramponnez-vous, déclara François-Frédéric, sur un ton de secrète allégresse. Je suis encore suspect!

– Quoi, vous vous étiez aussi disputé avec lui? questionna Pupenier, absolument scandalisé.

– Non, non, pas du tout, je l'aimais bien, au contraire. Mais les circonstances ont fait que je suis l'un des derniers, sinon le dernier, à l'avoir vu vivant. Est-ce que mon témoignage est susceptible de vous intéresser?

– De toute façon, le devoir m'y oblige.

– Alors écoutez : je vous invite à déjeuner à notre cantine. Vous pourrez ainsi vous pénétrer de notre microcosme. La psychologie, ça compte aussi dans une enquête, non?

– On le dit. Mais moins que la chaussette à clous.

– Il faudra vous en contenter. Demain, ça va?

– Ça va. Où et quand?

– Midi et demi, à la statue de Danton, carrefour de l'Odéon, vous connaissez? »

Pupenier connaissait. François-Frédéric conclut, non sans ironie :

« Peut-être le gratte-papier que je suis pourra-t-il apporter son humble concours à l'illustre Lord Peter.

– Il n'est pas interdit de rêver », répondit Pupenier sur le mode blasé.

VII

« Qu'est-ce que la Sorbonne?

– Vous l'avez devant vous, Pupenier. La façade principale, comme vous pouvez le constater, donne sur la rue des Ecoles, avec ses cinq arcades, ses deux portes à tambour et ses grandes fenêtres à meneaux encadrées de colonnes corinthiennes...

– Ça va, Lachouan.

– ... le tout surmonté d'un attique décoré de huit statues représentant tout ce qu'on a pu inventer depuis l'origine des temps pour faire chier l'écolier de base : les Sciences, les Mathématiques, la Philosophie...

– Lachouan, arrêtez de vous foutre de moi!

– Point final à cette orgie de bon goût, le drapeau tricolore crasseux qui pendouille sur nos têtes, et que Montaigne, sur le trottoir d'en face, feint de n'avoir pas vu... »

Ils étaient remontés jusqu'au boulevard Saint-Michel par la rue de l'Ecole-de-Médecine, et planté au coin de la rue Racine, François-Frédéric pérorait, avec des mimiques de penseur et des outrances de guide professionnel.

« Bon, dit-il, passons aux choses sérieuses. La Sorbonne était autrefois le siège de l'Université de Paris. Ce n'est plus maintenant qu'un grand immeuble abritant différents services du Rectorat et plusieurs U.E.R. ressortissant à trois des Universités parisiennes.

– U.E.R.?

– Unités d'Enseignement et de Recherche, expliqua François-Frédéric. Cette expression, qui a remplacé le terme médiéval de Faculté, séduit l'oreille si on l'a intellectuelle et flatte la tripe quand elle est démocratique. C'est l'un des résultats de la grande réforme de 1968, qui a surtout consisté à décentraliser à l'intérieur du centre et à passer un coup de peinture neuve sur le vocabulaire : l'œuvre d'Edgar Sandé, un obscur auteur de romans policiers, plus connu en politique sous le nom d'Edgar Faure. La mentalité des grosses têtes, elle, est restée ce qu'elle était. Mais abandonnons ces spéculations aux purs esprits que nous ne sommes pas et venons-en à la seule chose qui compte : la bouffe... »

Tournant le dos à la Sorbonne, ils s'étaient engagés rue Racine. Là, sur le trottoir, à quelques mètres du boulevard Saint-Michel, une vingtaine de personnes attendaient, le long de vitres obscures, au-dessous d'une enseigne vénérable, patinée de temps et de crasse : *Bouillon Chartier.*

« A la queue! » tonna François-Frédéric, d'un ton rogue.

Les derniers de la file les regardèrent. François-Frédéric y reconnut M. Roger et Mme Mainières.

« C'est ici, expliqua-t-il plaisamment à Pupenier, que les fonctionnaires de l'Education nationale s'offrent pour un plat de soupe à la curiosité des badauds... puis, à M. Roger : ... ils en ont pour longtemps?

– Prenez patience, monsieur Lachouan, répondit M. Roger, avec un empressement académique. Le premier service est terminé, et ils dressent le couvert. Fort heureusement, le temps est clément... Mais d'ordinaire, vous ne fréquentez pas ce restaurant administratif, si je ne m'abuse?

– ... comme disait le docteur, enchaîna le cinéphile toujours vigilant chez François-Frédéric. Non, moi je vais à la cantine de la rue de l'Abbé-de-l'Epée, c'est moins pittoresque, mais on n'attend pas. Aujourd'hui, j'ai voulu montrer à mon invité cette salle hautement historique, parce que les Beaux-Arts l'ont classée, et parce qu'elle a été le théâtre d'un célèbre fait divers relevant de son folklore professionnel : c'est là, à la sortie de ce *Bouillon Chartier*, qu'en 1926 Schwartz-Bart, un réfugié russe échappé des pogromes d'Ukraine, abattit un autre réfugié russe, l'hetman des cosaques Petlioura, qu'il rendait responsable du meurtre de ses parents... »

Imperturbable, il ajouta, avec un geste royal vers Pupenier :

« Monsieur est en effet l'une des têtes pensantes du Quai des Orfèvres. »

Un mouvement de curiosité draina les regards des assistants en direction de Pupenier, horriblement gêné. Mme Mainières l'apostropha sans discrétion :

« Etes-vous commissaire divisionnaire, comme dans les films?

– Pas du tout! riposta Pupenier furieux, seulement inspecteur. Je n'ai que trente-trois ans, madame! »

Il n'avait pas prononcé la dernière syllabe que François-Frédéric anticipa, non sans un délicieux frisson, sur la réaction de leur interlocutrice : « Elle va le dire!... » Elle le dit :

« Oh! oh! oh! l'âge du Christ. »

Ses gloussements terminés, Pupenier crut devoir préciser, pour sauver la face :

« Permettez-moi une référence plus professionnelle, chère madame. C'était aussi l'âge de Bonnot quand il est mort. »

Ce fut au tour de Mme Mainières de demeurer interdite.

« Quoi, fit-elle faiblement, quoi, Bonnot avait aussi cet âge? Quelle audace! »

Et M. Roger de poursuivre, sur un ton étrange, à mi-chemin de la stupéfaction et de la convoitise :

« Alors, moi aussi, j'ai l'âge de Bonnot? »

Mais devant, la queue s'ébranlait, ce qui lui évita de se perdre en lieux communs. François-Frédéric donna son ticket, ainsi que le ticket « passager » qu'il avait eu la précaution d'acheter pour Pupenier. Ils choisirent leurs hors-d'œuvre sur l'éventaire à plusieurs rayons disposé à l'entrée de l'établissement, puis allèrent s'asseoir à l'une des grandes tables de formica où s'alignaient les convives. Pupenier examinait les lieux, la salle carrée avec la cuisine au fond, l'escalier de bois usé menant au premier étage, le tableau noir où le menu du jour était inscrit à la craie, et surtout les murs, presque entièrement recouverts de vieilles glaces biseautées, entre lesquelles une mince décoration florale déroulait ses pastels.

« Dites donc, Lachouan, murmura-t-il, votre cantine ressemble beaucoup plus à un bordel qu'à un restaurant...

– Mais au moins, dans un bordel, on rigole! » s'écria François-Frédéric d'une voix forte, donnant libre cours à son goût de l'esclandre.

Il avait parlé de plat de soupe, comme une mauvaise langue qu'il était. En fait, le repas se révéla très honorable : plusieurs hors-d'œuvre au choix, deux plats du jour, plus, à la préférence du client, steak haché, jambon, omelette, accompagnée de salade verte; fromage ou yaourt, et dessert. Mais était-ce l'influence du contexte? Comme à l'école, les convives levaient l'index à l'énoncé des plats et des fromages qu'on leur proposait, et que, d'ailleurs, on leur apportait sur la table.

Pupenier et François-Frédéric s'abstinrent, durant le repas, d'évoquer l'enquête en cours pour ne pas susciter une curiosité trop indiscrète chez leurs voisins.

François-Frédéric exposa à son compagnon l'infrastructure administrative de la Sorbonne et lui décrivit les différentes espèces de la faune qui la hantait. A ce propos, un groupe d'hommes d'un certain âge, s'installant à une table voisine, attira bientôt l'attention de Pupenier. Ils étaient habillés de la façon la plus classique possible (complets de girafe peignée, selon la formule de François-Frédéric) et arboraient à la boutonnière de martiales décorations.

« Ils ont presque tous la médaille militaire, fit-il observer à François-Frédéric. C'est une cantine de l'Education nationale ou du ministère de la Défense? »

François-Frédéric lui expliqua que durant les années 60, les cadres de l'armée avaient été « aérés », les volontaires qui n'avaient pas alors atteint l'âge de la retraite étant recasés dans les administrations avec le grade correspondant à celui qu'ils possédaient dans l'armée. Cette mesure n'avait pas été sans soulever la violente hostilité des syndicats, et même des fonctionnaires qui, après plusieurs années passées à piétiner sur les listes d'attente pour l'accès au cadre supérieur, voyaient leurs chances se réduire subitement comme une peau de chagrin, la majorité des postes à pourvoir étant dévolus d'office à ces administratifs parachutés...

« Avez-vous remarqué le petit homme brun, pète-sec, qui passe son temps à admonester les serveuses? demanda François-Frédéric. Il était commandant, et se retrouve conseiller administratif. Il fait fonction de secrétaire général par intérim dans l'Université à laquelle j'appartiens.

– Votre patron, quoi?

– En quelque sorte.

– Et la coexistence entre vous est pacifique? »

François-Frédéric prit la peine de sourire.

« La position de ces gens-là est très incommode. Ils arrivent d'un monde où le coup de gueule et le péremptoire faisaient loi, où la discussion n'était pas admise, où les inférieurs ne disposaient que de garanties dérisoires. Ils se sont retrouvés ici déphasés, déboussolés, tout nus, et de surcroît, très mal accueillis. Comme ils ne sont pas complètement idiots, ils ont parfaitement pris conscience que leurs méthodes antérieures étaient complètement à revoir et qu'une autorité sans nuances risquait de leur attirer les pires ennuis. Alors, ils ne savent plus de quel pied partir. Avoir eu tant de moyens de pression sur ceux qu'ils dirigeaient et tout à coup en avoir si peu les a littéralement traumatisés.

– Quoi, fit Pupenier, très amusé, vous n'allez quand même pas les plaindre?

– Ce n'est pas mon genre, répondit François-Frédéric, quoique sur le plan psychologique, leurs ruses naïves, et parfois infantiles pour assurer leur autorité ne sont pas loin d'éveiller une sorte de compassion clinique chez l'observateur. Exemple : Duzais – c'est le type dont nous parlions –, Duzais pense que le fonctionnaire, comme le militaire, devrait être prêt à répondre à l'appel de la Patrie vingt-quatre heures sur vingt-quatre. Rien ne l'horripile plus que de voir les employés cesser pile leur travail et détaler dans les couloirs à l'heure de la sortie. Moi, j'ai ma pause-repas entre midi et demi et une heure et demie...

« Un jour, donc, il m'appelle à midi vingt pour discuter service. Le temps passe. Midi et demi, moins vingt-cinq, et finalement une heure moins le quart. Le bougre était encore plus nerveux que moi. J'imagine qu'il voulait créer un précédent, asseoir sa doctrine, et qu'il se demandait comment ça allait se passer. Bon. A moins dix, il regarde sa montre avec toutes les apparences de la confusion : " Oh! mais il est moins dix! Excusez-moi, j'ai empiété sur votre heure de repas. A quelle heure devez-vous être rentré? "... Vous avez saisi la nuance, Pupenier? A quelle heure je devais être RENTRÉ!

– Et alors?

– Je lui ai répondu en souriant : « Ne vous faites aucun souci, monsieur. Je dois être rentré exactement une heure après être sorti... »

– Qu'est-ce qu'il a dit?

– Rien. Pourtant, on le dit très violent à l'occasion. En tout cas, il n'a plus recommencé, ni avec moi, ni avec personne d'autre. Je vais vous dire, Pupenier : les militaires savent peut-être se battre sur leur terrain. Entraînez-les sur le vôtre et c'est la débâcle... »

Sortant de la cantine, ils traversèrent le boulevard Saint-Michel pour aller prendre le café dans un bar de la rue des Ecoles. Au carrefour, ils tombèrent sur un jeune homme d'allure débraillée au visage un peu chevalin éclairé par un regard mobile, pétillant d'intelligence, sous une forêt de cheveux noirs. François-Frédéric le connaissait bien : Alexandre Compan, technicien chimiste de cadre moyen à l'université Paris VII de Jussieu, était l'un de ses compagnons de table habituels à la cantine de la Maison des Examens, rue de l'Abbé-de-l'Epée.

« Lâ... lâcheur! s'écria-t-il à la vue de François-Frédéric. A... alors maintenant, tu bouffes là? Tu... tu négliges le décor surréaliste de nos sous-sols, avec des salles en enfilade peintes à la chaux colorée et survolées par la g... grâce métallique des tuyauteries? »

François-Frédéric aimait les situations embarrassantes, mais cette fois, il eût préféré éluder les présentations. Compan, anarchiste irréductible, vomissait la droite et la gauche classiques, se proclamait lui-même « élément incontrôlé » selon la formule habituelle et « élément incontrôlable » suivant sa propre optique. Naturellement, il était anti-curé, anti-militaire, anti-flic, anti-tout. Il avait coutume de se présenter lui-même dans l'ironie, au garde-à-vous, claquant dérisoirement des talons et déclarant, avec un léger bégaiement que d'aucunes ne trouvaient pas sans charme : « ... A... Alexandre Compan, sa... savant fou. »

Cordial, il s'exclamait :

« Viens, toi et ton copain, je vous offre le caoua. Et re... remarque, vous avez eu raison de ne pas bouffer là-haut. Il y avait de la tête de veau... pouah! et aussi du poulet rôti, mais alors quel poulet! Ils avaient dû le sortir d'une maison de retraite et je l'entendais crier sous mon couteau... une vraie dé... dégueulasserie... »

Là-dessus, il procéda envers Pupenier au rite de la présentation et François-Frédéric ne put que s'exécuter à son tour.

« C'est pas vrai! s'écria Compan, l'œil rond. T'es vraiment flicard? Alors, ça existe?

– Vous en avez rencontré », répondit Pupenier.

Compan frappa de son poing droit contre sa paume gauche.

« J'y suis! Tu es là à cause du facho qui descend ces professeurs, pas vrai?

– Exact, admit Pupenier avec distinction. Encore qu'il reste à déterminer s'il s'agit vraiment de meurtres politiques.

– Je ne vois pas ce que ça pourrait être d'autre, déclara Compan, sans ambages. On rentre là? »

Ils s'attablèrent. Devant les cafés, Pupenier exprima la position officielle :

« Ou les deux meurtres sont indépendants ou ils sont liés. Dans le premier cas, il faut envisager pour chacun des assassins une motivation personnelle. Donc deux enquêtes. S'ils sont liés, s'il n'y a qu'un seul meurtrier, c'est sans doute un fou... d'ailleurs, seul un fou peut imaginer de tuer à l'arbalète.

– Mais un fou facho, insista Compan. Parce qu'enfin, qui pourrait vouloir descendre des intellectuels?

– Moi, dit François-Frédéric. Je vais te dire, Compan : c'est la fonction qui crée la mentalité. Les prêtres, que tu honnis si fort, étaient autrefois les enseignants officiels de la jeunesse. Les laïques qui leur ont succédé se considèrent, à leur exemple, comme les guides du monde. Autant qu'eux ils sont intimement persuadés de l'infaillibilité de leur doctrine, ils donnent des leçons, ils moralisent. Et même s'ils prônent des valeurs opposées, ils le font avec la même outrecuidance profonde, la même hypocrisie quotidienne, et ils emploient, pour se faire écouter, les mêmes détestables moyens.

– T'es toujours aussi réac, hein? dit tristement Compan.

– Et encore tu ne sais pas tout : il m'arrive d'employer l'imparfait du subjonctif! Cela dit, il y a un abîme entre Veauce, le type parfait du doux rêveur, le brave homme accompli, et Mériaume, qui était à chier, l'esprit à gauche, le cœur à droite... Je peux en parler, il était rattaché à mon université et j'ai eu accès à son dossier : il faisait partie de toutes les organisations qui vous classent dans le démocratique, depuis le Comité de lutte contre l'apartheid jusqu'à l'association de défense des bébés phoques en passant par le Collectif pour l'interdiction à la vente des jouets de guerre... autant de causes fort honorables, mais très lointaines et qui ne l'empêchaient pas de se conduire, dans le quotidien comme le pire des fachos... pour reprendre ta terminologie favorite... »

Compan, l'œil torve, se tourna vers Pupenier.

« Ça doit te faire plaisir d'entendre ça, hein, mec? Parce que de l'intellectuel, vous autres aussi, vous devez en bouffer de temps en temps?

– Pourquoi pas? répliqua Pupenier, vous, vous mangez bien du poulet! »

Il semblait avoir accepté de bonne grâce le « mec » et le tutoiement, quoique mettant sa dignité à ne pas tomber dans la réciprocité. Alors qu'ils ressortaient du café, ils croisèrent le groupe des anciens militaires. Duzais eut un signe de tête à l'égard de François-Frédéric, et, chose plus surprenante, un autre signe, accompagné d'un léger sourire, pour Compan.

« Bonjour, mon petit », ajouta-t-il, d'un air protecteur.

François-Frédéric, stupéfait, se tourna vers Compan, qui écarta les bras en signe d'humilité.

« Eh oui, j'avoue, je le connais. Toi aussi?

– Moi, c'est mon supérieur hiérarchique, mais toi...?

– Moi, si je m'appelle Alexandre, c'est à lui que je le dois. Alexandre, le grand conquérant!... C'é... c'était un ami proche de mes parents... »

Il se mit au garde-à-vous.

« Mon cher, tel que tu me vois là, je sors d'une excellente famille : mon père était colon.

– Colon?

– Plus précisément lieutenant-colonel.

– Mais tu nous avais caché ça! s'écria François-Frédéric, ahuri.

– Eh oui, ricana Compan, c'est une tare que je dissimulais soigneusement, mais tu vois : tout finit par se savoir!

– Et qu'est-ce qu'ils pensent de tes idées, tes parents?

– Mes parents sont morts, répondit sombrement Compan. Ma mère, d'abord, sans doute parce qu'elle avait hâte de quitter mon père et que c'était le seul moyen que son éducation chrétienne lui permettait... mon père ensuite, dans son lit, comme tous les militaires d'un grade un peu élevé, mais non sans m'avoir fait chier pendant des années avec l'horizon de Coëtquidan et l'étoile de Saint-Cyr...

– Tu n'étais pas d'accord?

– Non. Je préférais Pasteur à Clausewitz et le Nobel d'après la dynamite à celui d'avant... qu'est-ce que tu veux, mec, quand les parents sont cons, ils pensent toujours que leur métier est le meilleur du monde... Il apostropha Pupenier :

– Toi, je parierais bien que ce sont tes vieux qui t'ont branché sur la volaille?

– Pas du tout, c'est Dorothy Sayers, répondit froidement Pupenier. Vous n'avez pas remarqué mon élégance? »

François-Frédéric s'empressa de donner un autre tour à la conversation :

« Au fait, on te voit, aux prochains concerts de Midi?

– Je veux! s'exclama Compan. La musique classique, tu vois, c'est mon petit côté réac à moi.

– Alors, la date est changée : ce n'est plus le vendredi en huit. L'amphi Richelieu ne sera pas libre. C'est reporté au mardi d'après.

– Je prends note. Quel est le programme?

– Villalobos et César Franck... »

Ils se séparèrent au coin de la rue de la Sorbonne, Compan et Pupenier échangeant une molle poignée de main.

« Au fait, Duzais, fit Compan, avant de quitter François-Frédéric, toi qui le pratiques tous les jours... il est resté aussi con?

– Je ne l'ai pas connu avant, fit remarquer François-Frédéric. Apparemment, il n'a pas inventé la poudre, mais après tout, ce qu'on demande aux militaires c'est surtout de savoir s'en servir, n'est-ce pas? »

VIII

La météorologie des rapports entre Mimi Echenoz et François-Frédéric était soumise à tous les caprices du moment et à tous les impondérables du cœur. La faute en revenait surtout à François-Frédéric, de qui les humeurs étaient beaucoup plus inégales, aiguisées chez lui par une impatience amoureuse que sa galanterie, sa bonne éducation, et aussi son sens de la nuance jugulaient chaque jour plus difficilement.

« Ecoutez, exposa-t-il un soir, abruptement, à Mimi, je vous porte en trop haute estime pour ne voir en vous qu'une aventure et vous le savez. Alors, moi, je veux bien qu'on se marie, si c'est tout ce qui vous arrête.

– Oh! quelle horreur, s'écria-t-elle spontanément, riant de toutes ses dents, vous voulez me faire peur, F.-F., ou quoi?

– Alors quand? Jusqu'à quand allons-nous jouer du Marivaux, Mimi? Vous ne trouvez pas que c'est terriblement suranné?

– Je préfère le suranné au sordide, répondit-elle gravement. Et à mon tour de vous poser une question, F.-F. Si, un jour, nous couchons ensemble – vous voyez que je ne recule pas devant le vocabulaire – est-ce que nous resterons tout de même bons amis?

– Comment bons amis? s'exclama François-Frédéric, au comble de l'exaspération. Mais enfin, Mimi, vous pensez à ce que vous dites? C'est une phrase qu'on prononce au moment de la rupture, ça!

– Il y a toujours, au seuil du lit, une manière de rupture, fit-elle, non sans une certaine amertume. Je vous aime bien, F.-F. Un jour dans l'ivresse de nos étreintes (ici, François-Frédéric décela avec tristesse l'ironie feutrée du second degré) je vous dirai peut-être que je vous aime, formule placée par les romantiques au sommet de la hiérarchie des sentiments. Mais ce point d'orgue, c'est aussi le soufflé de l'amour : très beau quand il est brûlant, il a une fâcheuse tendance à retomber et à s'aplatir... »

Elle ajouta, tout bas, les yeux baissés, ce qui ne lui ressemblait guère :

« Ça finira par arriver, F.-F., je vous le promets, mais laissez-moi encore goûter cette jolie amitié, cette tendre désinvolture qu'il y a entre nous. Si un jour, ça tourne mal, ça restera l'un de mes meilleurs souvenirs. »

Ce soir-là, ils s'étaient quittés un peu brusquement,

agacés l'un contre l'autre, irrités contre eux-mêmes. Ils avaient tout de même pris rendez-vous pour l'un de ces prochains soirs, à leur pub habituel.

Ulcéré, François-Frédéric décida de s'intéresser en priorité à ce qu'il appelait son violon d'Ingres administratif : la marche de l'enquête concernant ce que la presse baptisait *Les meurtres de la Sorbonne*. Au cours de la deuxième quinzaine de février, Pupenier s'était souvent montré dans les environs de la rue des Ecoles. François-Frédéric l'y rencontra plusieurs fois, et le hasard voulut qu'il se trouvât un jour en compagnie d'Alexandre Compan, de sorte qu'il leur arriva de s'asseoir tous trois au café pour discuter criminalité devant des consommations.

Un étrange consensus s'était établi d'emblée entre Compan et Pupenier. Ils passaient leur temps à se décocher des flèches mais cette alacrité prenait parfois des airs amicaux, à la limite de la complicité. Cela tenait sans doute à ce que chacun avait découvert chez l'autre une antithèse vivante aux mythes que son environnement quotidien lui avait inculqués. Malgré le surnom de Savant-fou qu'il s'infligeait lui-même, Compan n'avait rien du pétroleur drogué et hystérique, selon la légende soixante-huitarde évoquée dans les commissariats; et, de son côté, Pupenier se situait aux antipodes du Javert borné et brutal dont on se plaît à cultiver le cliché aux lisières de l'extrême gauche. Sur le plan du vocabulaire, cependant, aucune évolution ne s'était produite. Pupenier appelait toujours Compan Compan et le vouvoyait. L'autre lui disait « mec » et le tutoyait, sans que jamais cet antagonisme sémantique dérapât vers une véritable agressivité. Compan réussit même à surprendre Pupenier, le jour où l'affaire Veauce fut remise sur le tapis entre des tasses de café fumant.

« Tu n'as pas lu ce qu'on a écrit à ce propos dans *Le Monde*? avait-il demandé à François-Frédéric.

– Je n'achète pas *Le Monde*, avait répliqué celui-ci, glacial.

– Moi, je le lis régulièrement, fit observer Pupenier.

– Alors, ça, c'est le monde à l'envers! commenta Compan, sidéré. Et sans calembour, mec! Il paraît donc que le professeur Veauce est mort avec une partition dans la main. Une partition de Rossini.

– Oui, dit Pupenier, mais quelle importance? Toutes les partitions étaient répandues par terre, autour de lui. Dans les spasmes de l'agonie, sa main a dû se refermer sur l'une d'entre elles, et n'importe laquelle.

– *That is the question*. Moi, tu vois, il se trouve que je suis mélomane et que cette passion attise ma curiosité. La partition en question, tu sais ce que c'était?

– Je ne l'ai pas noté, mais je peux consulter la copie du rapport.

– Un pari, dit Compan, l'index braqué. Tu paies les cafés s'il s'agit de *Guillaume Tell*.

– C'est effectivement l'ouverture de Guillaume Tell; maintenant, ça me revient, admit Pupenier, les sourcils froncés. Nous avons peut-être livré ce détail à la presse, mais je n'en suis pas sûr.

– Moi, en... en tout cas, je ne l'ai pas vu, déclara Compan. Et alors, ça ne t'étonne pas, mec, que je l'aie deviné? »

Pupenier haussa les épaules.

« C'est à cause de l'arbalète, j'imagine?

– Et tu en déduis quoi?

– Rien, répliqua Pupenier, rien du tout. Coïncidence. Parce qu'enfin, Compan, réfléchissez : le type est mort dans les secondes qui ont suivi celle où il a reçu la flèche. Si ça se trouve, il ne sait même pas qu'il a reçu une flèche, et s'il en a vaguement conscience, il n'a pas eu le temps psychologique vraisemblable de savoir ce que c'était. D'ailleurs, rien ne dit qu'en temps ordinaire et en pleine possession de ses moyens, il aurait pu identifier un carreau d'arbalète... c'était un professeur, un musicien, tout à fait étranger au monde des armes... Pas d'accord?

– D'accord, répondit Compan, les paumes conciliantes. Tout à fait d'accord. Ce qui soulève donc une autre hypothèse à laquelle je viens : toujours en imaginant que Veauce a voulu laisser un indice, s'il n'a pas reconnu le projectile, qu'est-ce qu'il a pu reconnaître, hein?

– Langue au chat, dit Pupenier.

– Son assassin, intervint fougueusement François-Frédéric. Je vois où tu veux en venir, Compan. Veauce a reconnu Guillaume Tell, comme peut-être Mériaume avait reconnu son shérif... ce qui, entre parenthèses, démolit ta théorie des meurtres politiques. Parce que si c'est ce que tu supposes, nous avons vraiment affaire à un fou. Tuer des professeurs au hasard, ça peut constituer une preuve de déséquilibre mental, encore qu'à mon sens... mais passons. Là où ça frise la démence, c'est quand on se déguise. Et ces armes!... ce n'est pas votre avis, Pupenier?

– Je ne marche pas, dit Pupenier, secouant la tête. C'est un truc de roman ou de cinéma, ça... beaucoup trop séduisant pour être vrai. Cela dit, je peux, sans faillir à l'obligation de réserve, vous apprendre que nous avons entrepris des recherches fouillées, justement dans cette direction-là. Nous avons notamment eu recours à l'ordinateur...

– Parce que vous avez un ordinateur? s'ébahit Compan. Vous vous refusez rien, les mecs!

– C'est plus cool que le passage à tabac, non? Vous savez ce qu'on dit? On n'arrête pas le progrès.

– Ouais, on n'arrête que les progressistes, ricana Compan. Et qu'est-ce que vous avez fourni, comme données, à votre machine de basse police?

– En gros, les éléments concernant les meurtres d'enseignants perpétrés au cours de ces dernières années. Il y en a eu quelques-uns, dont la plupart ont été élucidés. Restent trois crimes inexpliqués. Les deux qui nous occupent, et aussi celui d'un obscur instituteur retraité, en Haute-Vienne : il a été abattu au fusil de guerre, l'année passée... l'enquête n'a rien donné. Un gosse de la région a bien prétendu avoir vu un soldat en uniforme quitter en courant le lieu du crime, mais il devait affabuler...

– Pourquoi? coupa Compan, c'était peut-être une séquelle de l'affaire du Larzac?

– C'est loin, le Larzac, répliqua Pupenier, agacé. Et quoi qu'on pense des militaires, on les voit mal tirer au fusil sur un instituteur qui ne partage pas leurs idées. L'affaire a donc été classée : sans doute une querelle de mauvais voisinage. N'oubliez pas que c'est en plus une région d'anciens maquis, où beaucoup d'armes traînent encore... »

Il papillonna des deux mains pour clore le débat :

« Bon, je paie les cafés parce que tout compte fait, Compan, vous avez d'excellentes dispositions pour le métier... pourquoi ne rentrez-vous pas chez nous, faire carrière? »

Savant-fou leva les bras au ciel.

« Un flic qui manie l'ironie. Décidément, on ne sait plus à qui se fier! »

IX

Les relations entre François-Frédéric et Mimi Echenoz n'étaient pas au beau fixe. Lors de leur dernier petit dîner d'amoureux – comme ricanait François-Frédéric, ulcéré – elle lui avait montré la réponse qu'elle avait reçue d'une des bibliothèques les plus prestigieuses de Paris. Mimi, qui avait le sens de l'humour et le goût du canular, avait adressé à cet établissement une lettre apocryphe. Elle y déclarait avoir découvert dans le grenier d'une vieille maison familiale le manuscrit d'un poème qui semblait avoir été écrit par un certain Wilhelm Kostrovich ou Kostrovitsky, le paraphe était peu lisible. Le document lui ayant paru très ancien, elle sollicitait des précisions à propos de ce nom qui lui était inconnu. Elle avait signé cette missive Pauline R. Guillaumat, et y avait joint une enveloppe timbrée à son adresse, non sans avoir préalablement mis sa concierge dans la confidence. Sur le plan de la culture, aucun problème : on lui expliquait que Wilhelm de Kostrowitsky était le véritable nom du grand poète Guillaume Apollinaire, et qu'elle pouvait, si elle désirait, entrer en contact avec le professeur Jean D... de l'université de Paris III, grand spécialiste de ce poète. Sur le plan de l'humour, le test avait été moins probant. On lui avait répondu sur le ton le plus sérieux du monde, sans apparemment s'être aperçu que Pauline R. Guillaumat, lu à l'envers, donnait Guillaumat Pauline R.

Mimi trouvait cela savoureux. François-Frédéric moins.

« Nos conversations, avait-il murmuré, se situent toujours à un niveau élevé, très spirituel, mais permettez-moi de penser que dans ce bouillon de culture, les microbes du cœur doivent se porter plutôt mal. Si nous nous entretenions, pour changer, de choses qui nous concernent un peu plus? »

Elle avait posé sa main sur la sienne.

« Pourquoi êtes-vous amer, F.-F.?

– Parce que l'amour, Mimi, c'est comme le lait. Si on ne le fait pas bouillir dans des délais raisonnables, il tourne à l'aigre.

– Cette image culinaire manque singulièrement de poésie », lui avait-elle fait remarquer, sans acrimonie, mais avec surprise.

Il avait répliqué, très abruptement :

« C'est que je suis sursaturé de poésie et d'intellectualisme. D'Héloïse et Abélard à Bonnie and Clyde, le folklore des amours platoniques est assez fourni pour que je me soucie d'en enrichir la liste... »

Ils s'étaient quittés un peu fâchés, mais non sans s'être donné rendez-vous dans la cour d'honneur de la Sorbonne pour les prochains concerts de Midi, le mardi suivant. Le lendemain de cet intermède, le ciel se mit à l'image des humeurs de François-Frédéric. Il en tomba sans discontinuer une pluie serrée, opiniâtre, dont l'agressive constance semblait vouloir interdire les trottoirs aux piétons non accompagnés. Derrière les vitres ruisselantes, François-Frédéric et Mme Mainières regardaient la rue Saint-Jacques, où les parapluies fleurissaient sur le bitume comme autant de champignons véloces. Un vent vicieux, acariâtre, s'en mêlait, qui s'amusait à leur faire prendre l'envol ou à retrousser leur baleines.

A midi, l'averse prit des proportions bibliques. Pour mieux scruter le ciel, François-Frédéric ouvrit l'une des fenêtres du bureau, de ces fenêtres modernes, basses, dont pièce d'appui et jet d'eau se situaient, non pas au niveau de la ceinture, mais à celui du genou, juste au-dessus des longs radiateurs trapus, dernier modèle, dont on avait doté les bureaux lors des derniers aménagements.

« Ne vous penchez pas trop, lui conseilla Mme Mainières. N'oubliez pas que nous sommes au deuxième étage et que le service des congés n'aime pas traiter les accidents du travail, ça leur fait remuer des tonnes de paperasse. »

François-Frédéric referma la fenêtre sur l'haleine humide de la rue. Il revint s'asseoir à sa place.

« Pas de chance, pas de chance, commentait Mme Mainières sur le mode geignard habituel. En cette saison, le temps est pluvieux tous les jours!

– Nous aussi, nous sommes plus vieux tous les jours, rétorqua François-Frédéric, que l'intérêt excessif porté par sa collègue à la météorologie quotidienne irritait sans raison valable.

– Vous allez à la cantine?

– Pas question : la cafétéria.

– Ah! ils ont bien de la chance, ceux qui sont logés sur place », dit Mme Mainières.

Le silence qui s'ensuivit lui fit lever les yeux. Elle vit François-Frédéric préoccupé, les sourcils froncés, les lèvres mordues.

« Qu'est-ce que j'ai dit? »

François-Frédéric répondit, sibyllin :

« Voilà un jour à marquer d'une pierre blanche, madame : vous venez de me donner une idée. »

Cette idée était la suivante : Le professeur Mériaume avait – peut-être – été tué après six heures du soir par un individu costumé en shérif. Le professeur Veauce avait – peut-être – été tué après six heures du soir par un individu – sans doute le même – déguisé en Guillaume Tell. Or, après six heures, seules restaient ouvertes deux issues aux occupants de la Sorbonne : celle du 17 de la rue de la Sorbonne, pour les usagers des bibliothèques et les fonctionnaires attardés, et celle du 46 de la rue Saint-Jacques, par où passaient les « affectataires », autrement dit les agents de tous grades administrativement logés; deux issues contrôlées par les vigiles. Où, quand et comment un étranger à la Sorbonne eût-il pu, sans risque d'être surpris, s'habiller et se déshabiller deux fois? Peut-être dans les toilettes, mais ensuite, pour sortir, il lui fallait passer par les postes de garde. Par contre, s'il habitait le bâtiment, une grande partie des difficultés disparaissaient...

François-Frédéric n'en dit rien à Mme Mainières, qui attendait, bouche bée, qu'il lui apprît de quelles lumières il pouvait bien lui être redevable, mais il s'en ouvrit à Faurigne, rencontré devant les appareils à manger et à boire de la cafétéria.

« Va voir Lucey, lui conseilla celui-ci. Il est responsable du planning des locaux pour notre université, et même s'il n'a pas une vue d'ensemble de la chose sorbonnarde, il pourra quand même te donner quelques renseignements indicatifs. D'ailleurs, je crois qu'il n'est pas sorti non plus... avec ce qui tombe!

– Tu restes ici, toi?

– Eh oui! Sandwich, Coca, café à la sauce automatique. Pourquoi m'aventurerais-je sous cette apocalypse? Je vais meubler ma pause-repas en finissant mes mots croisés.

– Alors à tout à l'heure. »

Avant d'aller voir Lucey, François-Frédéric passa au bureau des transferts, avec l'intention de questionner M. Roger, lequel était du dernier bien avec les gens de l'entretien, presque tous logés sur place. Le bureau des transferts ouvrait sur un couloir voisin, et à travers le verre cathédrale courant à mi-cloison, on pouvait distinguer une silhouette assise à un bureau. La porte était fermée à clef pour écarter les importuns pendant la pause-repas mais François-Frédéric tapa au carreau selon un code fantaisiste en même temps qu'il lançait, la bouche contre le battant :

« C'est moi, monsieur Roger, Lachouan! Pouvez-vous m'ouvrir, j'ai quelque chose à vous demander. »

M. Roger s'empressa, avec son urbanité habituelle.

« Oui, monsieur Lachouan? Bonjour, monsieur Lachouan, que puis-je faire pour vous? »

François-Frédéric biaisa :

« J'ai un ami provincial qui s'intéresse beaucoup à la Sorbonne et au vieux Paris. Alors, comme vous êtes un ancien de la maison... »

M. Roger hochait la tête, pénétré et reconnaissant de l'honneur qu'on lui faisait.

« ... Il paraît qu'il y a des endroits très ignorés dans le bâtiment, non? Notamment les caves... »

François-Frédéric ajoutant, de l'air le plus innocent qu'il pût prendre :

« Votre ami Badinguet m'a un jour parlé de galeries souterraines qui auraient mené jusqu'à la Seine...

– Badinguet?

– Guédéniaud.

– Ah! oui, c'est un excellent ami... Mais bien sûr, monsieur Lachouan, qu'elles existent, ces galeries! Jusqu'à la Seine, je ne sais pas, mais au moins jusqu'aux thermes de Cluny, un peu plus bas. Seulement elles ont été condamnées après les événements sociaux de Mai 1968, vous pensez bien! On en a muré les issues. Il y a cependant beaucoup d'autres choses à voir. Tenez... les doubles caves du XIIe siècle, si humides qu'on y tentait des expériences sur les champignons, ou alors la voie ferrée qui court à travers les sous-sols. Autrefois, un petit train faisait le circuit, vous savez? Il amenait du combustible aux chaudières dispersées un peu partout! Maintenant, bien sûr, c'est centralisé à la chaufferie... »

Enchanté qu'on l'eût sollicité, M. Roger parlait d'abondance.

« ... Et on y accède facilement, à ces sous-sols?

– Assez, oui, il y a des entrées partout. Par la chaufferie, par le courrier, par la petite porte, juste après la voûte de la rue de la Sorbonne, à droite de l'entrée, et d'autres encore...

– Donc, les gens qui disposent d'un logement de fonction peuvent s'y rendre quand ils le veulent?

– Naturellement!

– Vous en connaissez, je crois, qui travaillent à la chaufferie?

– Oui oui, il y a M. Guédéniaud, qui est agent-chef de première catégorie. Il y a aussi M. Tessel, mais je dois dire qu'il n'inspire guère la sympathie. Quand il demande le pain, à la cantine, et qu'on lui passe la corbeille, au lieu de vous la prendre des mains, il y puise ses tranches et vous laisse le soin de la reposer sur la table!

– Manque d'éducation caractérisé, dit gravement

François-Frédéric. Et dites-moi, ces galeries secrètes, vous êtes bien sûr qu'on ne peut plus y accéder?

– Mais c'est défendu! s'écria vertueusement M. Roger. Elles ont été condamnées, je vous ai dit! »

Il paraissait offusqué, scandalisé à l'idée qu'on pût faire fi des sacro-saintes décisions administratives. François-Frédéric s'empressa de le rassurer avant d'aller trouver Lucey, à l'autre bout du couloir.

Lucey était l'un de ces vieux travailleurs dont on pense toujours qu'ils sont au seuil de la retraite, mais de même qu'on se figure mal en bébés certains personnages chenus, on avait de la peine à l'imaginer autrement qu'au seuil de la retraite. Au demeurant, ce fonctionnaire rondouillard et grisonnant, pétri de conscience professionnelle, était toujours prêt à rendre service, complaisance sans faille qui – selon François-Frédéric – avait fini par le conduire à une déplorable faiblesse de caractère. Ainsi avait-on su qu'un jour, exaspéré par ce qu'il avait jugé être une erreur d'appréciation de sa part, Duzais était venu l'abreuver d'injures dans son bureau, le traitant de parasite et de budgetivore, et allant, dans l'excès de sa fureur, jusqu'à le saisir aux épaules pour le secouer violemment. Terrifié, Lucey n'avait pas réagi, mais l'anecdote avait été répandue par sa collègue, la petite Mme Bellignat, dite « Chacha », personnage menu qui ne s'en laissait pas conter. Par exemple, ayant pour immuable habitude d'arriver en retard quoique résidant à deux pas, elle répondait invariablement aux demandes d'explications de Duzais : « J'ai eu un impondérable » avec une tranquille voix d'enfant et l'air de tenir pour assuré que la formule constituait par elle-même une excuse si évidente qu'elle n'appelait aucune précision supplémentaire. Mis chaque matin au bord de la syncope par une si redoutable innocence, Duzais avait finalement baissé les bras et ne la questionnait plus...

Elle n'était pas là, Chacha Bellignat. Son domicile

de la rue du Sommerard étant tout proche, elle avait risqué l'averse pour rentrer, et bien que ce fût son heure de repas, le brave Lucey ne fit aucune difficulté pour répondre aux questions de François-Frédéric. La Sorbonne logeait effectivement beaucoup de fonctionnaires de tous grades. Les cadres supérieurs disposaient d'appartements en étage à haut plafond, tandis qu'aux personnels subalternes (entretien, chaufferie, plomberie, gardiens et magasiniers) étaient réservés sous les combles de petits logements mansardés sans aucun confort...

« On peut les voir d'ici, ajouta Lucey, avec un geste du menton vers la fenêtre... Là, de l'autre côté de la cour, tout en haut, ces espèces de lucarnes.

– On pourrait donc y arriver par les toits? »

Lucey, stupéfait, le regarda.

« Je ne sais pas, peut-être, mais pourquoi? Il y a des escaliers. »

François-Frédéric en revenait à son idée première.

« Est-ce qu'ils ont des caves? »

Lucey consulta ses fiches.

« Oui, répondit-il, la plupart disposent d'une cave personnelle, située au premier ou au deuxième sous-sol... »

A ce point de leur entretien, la porte s'ouvrit brusquement, laissant passage à un Duzais maussade, qui interrompit sans courtoisie leur conversation.

« Ah! monsieur Lachouan, j'ai téléphoné chez vous, on m'a dit que vous étiez dans les couloirs. Je vous cherche partout, figurez-vous!

– Vous ne devriez pas, monsieur, répondit François-Frédéric, cordial. C'est mon heure de repos... de repas... de répit... de ripaille... bref, c'est mon heure.

– Mais vous êtes là, non?

– Ce qui ne signifie pas pour autant que je me tienne à la disposition de l'Administration... Vous ne vous en êtes sans doute pas rendu compte, mais j'étais en entretien privé. Voulez-vous être assez aimable pour me rappeler après une heure et demie, monsieur? »

M. Duzais le toisa :

« Savez-vous, monsieur Lachouan, que votre langage pourrait être interprété en haut lieu comme la marque d'un mauvais esprit? »

Il avait pris le ton comminatoire qu'il croyait devoir utiliser devant Lucey, l'une de ses précédentes victimes, afin de bien établir que, sévère mais juste, il ne faisait pas deux poids et deux mesures. François-Frédéric répondit, très froidement :

« Je ne connais guère ces hauts lieux dont on nous menace beaucoup et régulièrement, monsieur Duzais, mais si vous les fréquentez plus que moi, vous voudrez bien rapporter à ces « on » si anonymes que face à la connerie congénitale ou apprise, le mauvais esprit tend à devenir de l'esprit tout court. »

M. Duzais prit le coup à l'estomac. Il pâlit un peu, dit d'une voix contrainte :

« Bonne réplique, je la resservirai. De qui est-ce?

– Mais de moi, môssieu! rétorqua François-Frédéric avec l'accent de Raimu.

– En tout état de cause, tenta encore Duzais, je doute que monsieur le Ministre apprécierait votre façon de comprendre les nécessités du service public.

– Lequel, monsieur? demanda innocemment François-Frédéric.

– Comment lequel?

– Oui, de quel ministre parlez-vous? Depuis le temps que je sévis dans l'administration, j'ai servi sous une trentaine de ces messieurs. Ils sont partis et je suis toujours là... Il faut dire que je suis titulaire et qu'ils ne le sont pas. Tenez, pendant le temps que nous parlons, il a peut-être encore changé! »

Duzais renonça au débat. Les lèvres serrées, blême jusqu'aux oreilles, il quitta le bureau, y laissant un Lucey absolument effaré. François-Frédéric, qui rentrait dans le sien, croisa Faurigne au bout du couloir.

« Je parie que tu viens encore de t'engueuler avec le de Funès du pauvre, lui dit celui-ci. Si j'avais su que tu le voyais, je t'aurais demandé de lui poser une question à laquelle il aurait peut-être pu répondre.

– Ah! oui, quoi?

– Un mot-charnière qui me manque pour ma grille : général qui s'est rendu célèbre un 18 juin. Je t'avertis tout de suite que de Gaulle, ça ne colle pas : neuf lettres.

– Alors Cambronne, répondit François-Frédéric. C'est ce jour-là qu'il a dit merde. »

DEUXIÈME PARTIE

AVE, SORBON, MORITURI...

I

Le calendrier affichait Mardi gras et le ciel était plus optimiste que les humeurs de François-Frédéric : d'un pastel lointain et subtil souligné de légers nuages blancs. La température de cette fin février était douce, les rues grouillaient d'une foule hétéroclite où régnaient les extravagances : lycéens et étudiants s'étaient déguisés et se formaient en monômes.

Le concert commençant à midi et demi, François-Frédéric était parti déjeuner dès onze heures et demie à la cantine de la Maison des Examens, rue de l'Abbé-de-l'Epée, où il avait retrouvé Compan, dit Savant-fou, avec qui il avait rendez-vous. Mimi Echenoz les rejoindrait dans la cour d'honneur de la Sorbonne; au demeurant, elle et Compan se connaissaient déjà.

« Ce n'est pas ton heure de déjeuner, fit remarquer Compan, au moment où ils quittaient le sous-sol des cantines. Ça va te faire sécher la Sorbonne jusqu'à une heure et demie, là.

– J'ai fait des permanences pendant les vacances de Noël, répondit François-Frédéric. Il est normal que je les récupère.

– Duzais n'y verra pas d'inconvénients? »

François-Frédéric déclara placidement :

« S'il court aussi vite que je l'emmerde, il aura sûrement une médaille d'or aux Jeux olympiques... »

Ils avaient descendu le boulevard Saint-Michel en flânant, car ils étaient en avance. Des personnages extraordinaires parcouraient la rue, lycéens d'Henri IV et de Saint-Louis, étudiants des universités voisines, cédant aux tentations de l'enfance et aux joies du canular : médecins en robe et chapeau pointu selon saint Diafoirus, Pierrots faussement nostalgiques, pirates d'opérette... et dans la poursuite des Colombines moqueuses par les Arlequins, François-Frédéric, décidément porté à la morosité, voyait une allusion marquée par un destin goguenard au caractère dérisoire de ses amours.

« Il est bizarre que les concerts de Midi aient lieu un jour de carnaval, opina Compan alors qu'ils arrivaient au niveau de la rue Cujas.

– Ce n'est pas un jour férié, observa François-Frédéric, haussant les épaules. Si ce l'était, nous-mêmes ne serions pas là... maintenant, si tu tiens à y voir un symbole... »

Un gamin d'une dizaine d'années surgit tout à coup devant eux. Il portait un treillis camouflé, avait passé son visage au noir de fumée, et brandissait dans leur direction un fusil mitrailleur en matière plastique.

« Je vous tue! » hurla-t-il, actionnant une détente au cliquetis maigrelet.

François-Frédéric eut un reniflement de mépris, mais la réaction de son compagnon fut plus violente. Surpris, il n'en reçut d'abord qu'une vision marginale, carambolage de gestes frénétiques avec, en culminance, le choc du jouet contre le mur où, d'un revers de main, Compan l'avait projeté. En même temps, il hurlait, d'une voix que la colère faisait chevroter :

« Pe... petit con, va! Ça te passera avant que ça me revienne! »

L'enfant, épouvanté, courut ramasser son jouet en pleurant à chaudes larmes, et la seconde d'après, il avait disparu. Il y eut un instant de silence dense, opaque, sur le fond sonore des bruits de la rue. Des gens s'étaient arrêtés pour les dévisager. Pour une fois déconcerté, François-Frédéric regardait, les bras ballants, son compagnon, qui esquissa un mouvement d'excuse :

« Plus... plus tard, il me remerciera », bégaya-t-il.

Des murmures scandalisés couraient tout autour, et un homme robuste, sanguin, apostropha Compan, le regard mauvais :

« Dis donc, mec, t'es fort qu'avec les gosses? »

Compan se tourna vivement vers lui, le visage congestionné, la lèvre agitée d'un tic :

« Mais vous... vous comprenez pas? C'est avec ces trucs merdeux qu'on fabrique des tueurs, c'est comme ça qu'on prépare les guerres! »

Il ne convainquit personne. Quelqu'un lança, aigrement :

« Décidément, on voit de tout, dans ce quartier! »

Et une femme maigre et sèche, qui passait, leur décocha, très curieusement :

« Moi non plus, je n'aime pas les enfants, mais au moins, je ne les agresse pas!

– Madame, je...

– Viens, coupa François-Frédéric, pas de polémique à la con... »

Il l'entraîna, ignorant les quelques quolibets qui saluaient leur départ. Fort heureusement, l'attention de la foule fut détournée par une théorie de lycéens costumés en apaches, qui se poursuivaient en hurlant des slogans fantaisistes. Ils marchèrent en silence quelques instants. François-Frédéric ne savait trop que dire et son compagnon ruminait ses rancœurs. Finalement, alors qu'ils abordaient la place piétonnière de la Sorbonne, il demanda à François-Frédéric, sur le ton de l'amertume :

« Tu dois me prendre pour un dingue, non?

– Il y a de ça, répondit franchement François-Frédéric... Enfin, ce gosse, tu l'as terrorisé, tu en as conscience?

– Mais c'est pas à lui que j'en avais, Bon Dieu! s'écria Compan, frappant ses deux poings l'un contre l'autre. C'est à ses parents, ces cons, et tous ceux qui exploitent le filon, les fabricants, les commerçants, les...

– Epargne-moi les lieux communs, dit François-Frédéric, excédé. De toute façon, tu ne t'en prends pas aux vrais responsables. Ce gosse-là était innocent... objectivement, comme on dit dans ton cher jargon politique. Tu ne penses pas que c'était bien facile de s'attaquer à lui? »

Compan fit le geste de se serrer la gorge. Il murmura :

« Qu'est-ce que tu veux, ça m'est remonté d'un seul coup... tout ce que j'ai encaissé pendant des années et des années, la goutte d'eau, quoi! »

François-Frédéric rétorqua :

« Alors, excuse-moi, on peut avoir les idées qu'on veut, et sur ce point, j'ai une bonne partie des tiennes, mais là, il y a quelque chose qui ne va pas dans ta tête. »

L'autre eut un mouvement très large des deux bras, tel un épouvantail découragé :

« Tu... tu peux pas comprendre, mec! Tu sais pas ce que je traîne! Un conditionnement à la Pavlov, un lavage de cerveau mené dans la meilleure conscience du monde avec une idée fixe : que j'entre dans la carrière sans attendre que mes aînés n'y soient plus! Je sais pas si le colonel est le père du régiment, mais je t'assure que mon père, à moi, c'était bien le colonel de la famille! Avec ça ma mère pétrifiée, muette, éteinte, et l'autre, le Duzais, qui susurrait qu'il faut endurcir les enfants, que c'est pour leur bien... ou des conneries du genre : si on veut pouvoir commander un jour, il faut avoir appris à obéir... »

Il saisit François-Frédéric au coude, le secoua, poursuivant d'une voix qui butait sur chaque consonne :

« L'enfance, Lachouan, l'enfance, qui devrait être

la plus chouette période de la vie, ils me l'ont gâ... gâchée, détruite, volée, les ordures! A Noël, panoplies et soldats de plomb; comme berceuse, le *Régiment de Sambre-et-Meuse,* et pour relique sacrée la main en bois du capitaine Danjou qui, contrairement à celle de ma sœur, ne se trouve pas dans la culotte d'un zouave, mais dans un musée militaire, quelque part entre Camerone et les Invalides! Comment tu veux qu'on vire pas débile?

– Tu schématises peut-être un peu, non? questionna François-Frédéric, un peu embarrassé par ce déballage intime.

– Bien sûr que je schématise! grinça Compan, mais l'ambiance, pour y être, elle y était, je te jure! Tu les as pas connues, ces soirées familiales où mon père, Duzais et quelques autres cons s'expliquaient entre eux pourquoi les Autrichiens avaient pris la pile à Sadowa et comment le commandant Raynal a pu faire chier les Boches si longtemps au Fort de Vaux... moi, j'étais dans mon coin, les mains sur les genoux, à fermer ma gueule, mais j'aurais voulu hurler, casser les choses, les flinguer... est-ce que je sais? Alors, au fond de ma petite tête, je me disais que, plus tard, je serais tout ce qui les traumatise, gauchiste, terroriste, anarchiste, pédé, pour le plaisir de les voir blêmir, se décomposer, s'effondrer, à l'idée que toute la corporation allait les montrer du doigt : « Hou, les vilains, ils ont enfanté d'un monstre, d'un anormal, d'un asocial! »...

Il heurta d'un index fébrile la poitrine de son interlocuteur.

« ... Tiens, je me rappelle, j'avais dix ans. Pour une fois, on m'a demandé ce que je voulais à Noël... J'imagine que le choix se tenait entre des hoplites de plomb de la période Thémistocle, le char téléguidé A.M.X. et la panoplie du cavalier sudiste pendant la guerre de-Sécession-qu'a-jamais-cessé-c'est-sûr... Moi, j'ai réclamé une poupée. La tronche, mec! L'abomination de la désolation, la catastrophe nationale, tu quoque fili et me faire ça à moi!

– Mais tu avais vraiment envie d'une poupée?

– Pas du tout! Seulement, c'était le seul moyen que j'avais trouvé pour rigoler! Ce jour-là, j'ai pas pris une rouste, mais c'était tout juste!... Une chose que je regrette, tu vois : c'est que mon père ait cassé sa pipe avant que j'aie réussi à me faire réformer en jouant les névropathes! La gueule qu'il aurait fait, je me console pas d'avoir raté le spectacle!... »

Compan souriait – mal et jaune –, s'efforçait à la légèreté et à l'ironie pour récupérer son personnage. Mais il n'avait pas encore digéré ses émotions, et sa pomme d'Adam le trahissait, tandis qu'il multipliait les clowneries verbales. Pour l'aider, François-Frédéric entrait dans le jeu, sans grande conviction. Il avait lui-même assez de pudeur pour souffrir avec ceux qu'un trop grand désarroi prive de la leur.

Il arriva, non sans soulagement, en vue du porche voûté de la rue de la Sorbonne, espérant des rencontres qui eussent écourté ce manège. Ils croisèrent Mme Mainières, qui sortait du bâtiment, se dirigeant vers la cantine en compagnie de Faurigne et de Mlle Sanas.

« Je crois que votre amie n'est pas encore arrivée, monsieur Lachouan, lui lança Mme Mainières, d'un air malin, mais vous avez de la chance. Aujourd'hui, c'est un vrai temps d'amoureux, vous avez vu? Le ciel est bleu...

– La mer est verte, laisse un peu la fenêtre ouverte, enchaîna François-Frédéric, acerbe.

– ... et ferme ta gueule, ça évitera les courants d'air, susurra Compan, *mezza voce.* Cool, mec, cool... »

La cour d'honneur était pleine de monde et de bruits. Y prenaient le soleil, assis sur les bancs de pierre, étudiants et étudiantes, certaines de ces dernières ayant remonté leur jupe sans pudeur excessive pour un premier bronzage. Prenait le soleil, également,

« la bande à Badinguet », dont le quartier général se situait ordinairement de l'autre côté du bâtiment, mais que le spectacle avait attirée par là. Plantés au milieu de la cour, les mains dans les poches de leurs salopettes, ils émettaient des comparaisons indiscrètes sur les joliesses qu'on leur dévoilait, imbéciles très classiques confondant muflerie avec désinvolture et prenant la trivialité pour de l'esprit. Badinguet se montrait le plus sobre, un peu lointain, un peu indulgent, un peu souverain, très chef, mais l'un de ses sous-fifres, Tessel, se répandait en rires gras et allusions grivoises.

François-Frédéric n'aimait guère ce Tessel, prototype du minable satisfait de lui-même, un petit malingre au visage en forme de troisième couteau, auquel une étique moustache rousse n'arrivait pas à donner du caractère. Il avait été l'un des plus acharnés à persécuter M. Roger et semblait avoir mal admis qu'on l'eût privé de souffre-douleur, d'autant qu'une partie des moqueries et des brimades lui en était revenue. Alors, il donnait dans la fausse camaraderie, s'écriant « Sacré Roger! » en flanquant à l'autre des tapes énormes dans le dos, de préférence à la cantine, au moment où il portait un verre à ses lèvres, ou bien quand il descendait d'un trottoir. C'était sa façon à lui de tourner la protection de Badinguet. La méchanceté n'était d'ailleurs pas son seul défaut. Il était aussi sournois, lâche, et pathologiquement indiscret, si bien qu'il avait mérité de ses collègues le surnom de « fouille-merde »...

L'arrivée de Mimi Echenoz donna aux pensées de François-Frédéric un cours plus agréable.

« Je suis un peu en retard, dit-elle, souriante, mais j'ai une excuse : j'ai essayé de vous prévenir ce matin au téléphone. Je n'ai eu droit qu'à l'anonymat de votre répondeur. Pourtant, il était à peine huit heures!

– Un répondeur! s'exclama Compan. Mazette, tu... tu te refuses rien, mec! Tu te prends pour un P.-D.G. ou quoi?

– Luxe de célibataire, répondit François-Frédéric, un peu embarrassé... et à Mimi : ... J'étais déjà parti. Je m'éveille tôt le matin, alors, en guise de promenade hygiénique, je fais une partie de la route à pied.

– Quoi! s'écria Mimi, scandalisée, ne me racontez pas que vous êtes de ces affreux joggers qui ahanent le long des rues?

– Pas du tout. D'ailleurs, j'en exècre la tenue. Simplement, je marche un peu sous les arbres du trottoir avant l'arrivée de l'oxyde de carbone. »

Mimi affichait, en toute circonstance, une remarquable aisance naturelle, à laquelle certains aspects des rapports privilégiés qu'elle entretenait avec François-Frédéric ne portaient, en présence de tiers, ni ombre ni gêne, et, bien entendu, François-Frédéric ne se privait pas de l'admirer pour cela. Quelque temps auparavant, il l'avait présentée à Compan, qui lui avait d'autorité administré le tutoiement d'usage. François-Frédéric s'en était senti agacé et frustré, dans la mesure où il pouvait impliquer une plus grande intimité que lui-même n'en revendiquait, mais lorsqu'il s'en était ouvert à Mimi, celle-ci s'était contentée de hausser les épaules :

« Tant qu'il ne m'appelle pas mec! »

Elle était resplendissante, Mimi, et portait une jupe blanche à travers laquelle le soleil plongeant dessinait l'élégance déliée de ses jambes, ce qui ne manqua pas de soulever un concert de sifflements chez les spécialistes de la chaufferie.

« Il y en a deux ou trois à qui je défoncerais bien la gueule, dit François-Frédéric, rêveur.

– Ce langage vous sied peu, mon cher, fit observer Compan. Cela dit, je reconnais le con à bouc qui semble mener la bande. On a failli se taper sur la gueule en Mai 68...

– Ah! bon? » fit François-Frédéric, le sourcil levé.

Compan expliqua, très complaisamment :

« J'avais quinze ou seize ans, et avec une bande de

mon lycée, on avait déboulé dans les sous-sols. Là, on a rencontré ce type...

– Badinguet?

– Il s'appelle Badinguet? s'écria Compan, sidéré.

– Non, c'est un surnom qu'il me doit.

– Ah! bon? Bien joué! Donc, Badinguet était là, les bras en croix, dans le style « Vous me passerez plutôt sur le corps... » Nous, on aurait préféré Marilyn Monroe. Et de nous expliquer qu'il était un prolétaire, qu'il comprenait le sens de notre révolte, mais que les outils de travail, c'était sacré, qu'il fallait pas y toucher, bref, toute la panoplie morale de Jérôme-le-bon-ouvrier, comme on le dépeignait dans les manuels scolaires d'avant la Première Guerre mondiale!... Heureusement, un autre a été beaucoup plus sympa, il nous a même montré comment nous barrer par les galeries souterraines, si les C.R.S. chargeaient... tiens, c'est ce petit chétif, là, à côté, qui s'agite...

– Tu aurais tort de te sentir honoré d'une telle collaboration, dit François-Frédéric, méprisant. Ce type était moins motivé par une noble indignation sociale que par le goût profond de la merde qui est en lui. Si Badinguet est déjà à chier, celui-là est un véritable trou-du-cul. »

Compan prit l'air offusqué :

« Tu... tu verses dans la scatologie, mec! Ça ne te ressemble pas!

– Disons que c'est mon côté prolo à moi, répondit François-Frédéric, très froid. Et les indications de ce mentor vous ont servi?

– Pas tellement, reconnut Compan. On s'est taillé d'un autre côté. Parce que toutes ces galeries, on n'était pas tellement sûrs de pouvoir en sortir... Il paraît qu'il y en a qui mènent jusqu'à la Seine!... Tiens, je t'explique... »

Il avait mis un genou à terre, traçait sur le pavé un croquis imaginaire, là les cars de C.R.S., là la sortie de la rue de la Sorbonne, là, celle de la rue Saint-Jacques, là la rue Cujas par où on arrivait grâce à la galerie Claude-Bernard encore libre...

« Ah! je te jure, on était gonflés à bloc, c'était le bon temps! Tu vois, là, quand les C.R.S. ont fait mouvement... »

Il releva la tête.

« Pourquoi tu me regardes comme ça?

– Pour rien », dit François-Frédéric.

Tout à coup, Compan lui avait rappelé Duzais, tel qu'il l'avait vu un jour expliquer à ses compagnons de table, à la cantine, telle ou telle tactique militaire. Il se dit vaguement que l'esprit ancien-combattant s'attrapait plus vite que la vérole et que Jacques Brel avait eu raison de chanter qu'on surprend parfois le reflet de Dame Bêtise dans son propre miroir. Compan, qui plaçait au sommet de l'hypocrisie l'argument : « ... les enfants, c'est pour leur bien... » n'avait-il pas dit, de celui à qui il avait arraché son jouet : « ... plus tard, il me remerciera »?

François-Frédéric fut sorti de son pessimisme par l'irruption dans la cour d'une cohorte de jeunes gens en mal d'identité, que les vigiles, blasés et sceptiques, laissèrent passer. Il y avait les classiques Pierrots, Arlequins et Colombines, mais aussi de faux squelettes (dessinés en blanc sur collant noir), des Ivanhoé en armures de carton-pâte, et même, en queue de cortège, un Indien abondamment peint en guerre, qui brandissait calumet et tomahawk. Le groupe fila comme un trait à travers la cour, vers la galerie Sorbon, puis sans doute la galerie Richelieu et les couloirs intérieurs.

« Ils font dans le réalisme, cette année, opina Mimi. Le soleil a accroché une étincelle au tomahawk de cet Indien et on jurerait que c'est vraiment de l'acier.

– Ce doit être une hachette empruntée à la cave à bois de ses parents, répondit Compan, désabusé. L'intelligence a des limites mais la connerie n'en a pas. Et le gouvernement – tous les gouvernements – encouragent ce cirque. Du pain et des jeux, quoi!... Pendant ce temps, on ne pense pas aux vrais problèmes... »

Un mouvement se dessinait dans la cour : les équipes d'entretien partaient pour la cantine et l'on appelait à grands cris Tessel qui avait disparu corps et biens.

« Il a dû filer le train à une nana! affirma l'un des ouvriers, rigolard. C'est son style, à ce con-là, s'amuser à suivre des gens, même des mecs, dans l'espoir de surprendre des secrets. Non, mais quel fouille-merde! »

Du seuil du grand hall de la bibliothèque, on les hélait :

« Eh, le concert va commencer! »

Ils donnèrent leurs billets, entrèrent dans l'amphithéâtre par l'une des quatre portes ouvrant sur la galerie semi-circulaire. Sous la coupole à verrière, les fauteuils d'orchestre étaient déjà pleins, bruissant des murmures d'une foule impatiente, mais des places restaient libres dans les mezzanines latérales, surmontées de niches où trônaient des statues.

« Qu'est-ce que vous préférez? demanda François-Frédéric à ses compagnons. On se met sous Richelieu, sous Platon ou sous Virgile?

– De toute façon, chacun dans son genre, c'étaient trois emmerdeurs, décida Compan. Prenons Richelieu, au milieu, l'acoustique sera meilleure. »

Une petite porte s'ouvrait au fond de l'estrade. En sortait un Monsieur très respectable qui prétendit faire l'exégèse musicale du dix-septième quatuor de Villalobos. Après quelques sifflets, il abrégea son exposé, disparut sous la grande toile de Dagnan-Bouveret représentant Apollon et les Muses au sommet du Parnasse.

Les musiciens prirent place. Il y avait deux violons, un alto et un violoncelle. Une pianiste était offerte en supplément, mais elle se contenta de s'asseoir au piano. Elle se réservait pour César Franck... La fin du premier morceau fut saluée par des applaudissements nourris, tandis que des spectateurs se levaient, criant des « bravo! » brefs et péremptoires, dont le ton disait clairement qu'ils étaient le fait d'amateurs hautement éclairés, et qu'on pouvait les accepter comme un honneur et un encouragement.

Entre Villalobos et César Franck, le même mentor s'en vint replacer son laïus que, cette fois, il fit sagement plus court. Après quoi, la pianiste se mit au travail avec les autres. Le *molto moderato quasi lento* n'était pas terminé qu'un cri strident, venu du dehors, suspendit les mouvements des exécutants. Dans la salle, courut un murmure d'inquiétude.

« C'est une femme, qui a crié », nota Compan, d'un air qui se voulait détaché.

Le concert reprit. Les musiciens attaquaient le *lento con molto sentimento* quand un deuxième hurlement, affreux, prolongé, ébranla les murs de l'amphithéâtre, suivi d'une succession de cris aigus, tremblant aux limites de l'hystérie.

« Cette fois, il se passe quelque chose », murmura Mimi, la lèvre mordue d'angoisse.

La musique s'était arrêtée net, les archets à mi-chemin des violons, les mains de la pianiste, blême, figées sur le clavier. Dans l'assistance, les têtes s'agitèrent comme sous l'effet d'une houle marine, et quelques-uns des spectateurs commencèrent à se lever. Un épais silence s'appesantit. Finalement, Compan cria, les mains en porte-voix, à l'adresse du premier violon :

« Enchaîne papa! C'est le quintette en fa mineur, c'est pas la sonate à Kreutzer! »

Mais le cœur n'y était plus. De dehors, provenaient des bruits divers, galopades, appels sonores, et bientôt sifflets de police. Le hurlement d'une ambulance vint apporter un contrepoint lugubre à l'*allegro no troppo con fuoco*. Les applaudissements réduits au minimum de politesse, les assistants se ruèrent au-dehors.

La cour était pleine de monde. Les vigiles couraient çà et là, l'air efficace, tandis que de l'ambulance, pour laquelle on avait enlevé, sous la voûte du seuil, le panneau d'arrêt des voitures, deux infirmiers descendaient en catastrophe, porteurs d'un brancard. On distinguait, dans la rue, sur le trottoir opposé, quelques uniformes de gardiens de la paix, mais ceux-ci se gardaient de pénétrer dans l'enceinte de la Sorbonne, dont le statut privilégié leur interdisait l'accès.

« Un drame... répondit-on à leurs questions, il paraît qu'il y a eu un drame, dans une bibliothèque... »

On devait l'apprendre quelques minutes plus tard, Mlle Brignac, conservateur en chef de ladite bibliothèque, avait eu le crâne fendu jusqu'à la mâchoire par une hachette à bois.

II

La Sorbonne connut un après-midi démentiel. Les bureaux avaient été désertés au profit des couloirs, les étudiants eux-mêmes boudant les amphithéâtres pour se mêler aux palabres. L'immeuble tout entier résonnait de courses, d'appels, et Mme Canquenne, chef du service intérieur, était sur les dents, qu'elle avait fortes et bien plantées.

De son côté, Mme Mainières s'était mise en campagne. Sa parfaite connaissance des aîtres, jointe à son culot phénoménal, lui ayant permis de tourner les barrages comme les règlements, elle revint de cette investigation avec une ample moisson de renseignements, après avoir « quasiment marché dans le sang ».

Le corps de Mlle Brignac avait été trouvé dans la salle du fichier de la bibliothèque dont elle avait la charge, l'une des quatorze ou quinze ressortissant à divers instituts ou U.E.R. implantés en Sorbonne. On lui avait porté un coup violent et définitif avec ce qui semblait être une hachette, mais qui avait, bien entendu, disparu. L'honneur de la macabre découverte était revenu à une jeune sous-bibliothécaire qu'il avait fallu hospitaliser dans l'heure avec sa crise de nerfs. L'horrible forfait – Mme Mainières *dixit* – venait sans doute d'être perpétré, car le sang – toujours Mme Mainières *dixit* – était encore frais. Sur la foi de ces dires et de ce qu'il déduisait lui-même, François-Frédéric, dont la mélomanie n'était jamais bridée par l'événement, se permit de situer l'heure du crime quelque part entre le *lento* et le *scherzo allegro vivace* du dix-septième quatuor de Villalobos.

Vers la fin de l'après-midi, la police en civil arriva sur les lieux. Il y avait toujours Pupenier, mais il n'était plus seul. Deux autres inspecteurs l'accompagnaient, tous trois coiffés par un commissaire principal solennel et ennuyé : on lui avait recommandé de marcher sur des œufs, la gent intellectuelle étant encore plus tracassière que la gent financière, because le contexte politique toujours brûlant.

Dès lors, on ne put plus tenir Mme Mainières. Elle arraisonna François-Frédéric afin que celui-ci lui obtînt une audience des policiers, avec lesquels elle ne doutait plus désormais qu'il n'entretînt d'infamantes relations. De guerre lasse, François-Frédéric l'amena au petit bureau mis à la disposition des enquêteurs pour recueillir les témoignages. Il glissa quelques mots à l'oreille de Pupenier, lequel n'avait pas plus tôt introduit Mme Mainières devant son chef qu'il s'en trouvait apostrophé sans complexe :

« Oh! mais je vous reconnais bien, allez! C'est vous qui avez l'âge de Bonnot!

– Quoi, vous avez l'âge de Bonnot? demanda le commissaire principal, très choqué, à Pupenier.

– Façon de parler, monsieur le Principal, répondit Pupenier, maussade. C'est aussi l'âge du Christ. »

François-Frédéric s'était éclipsé, peu soucieux d'entendre pour la énième fois un récit auprès duquel l'Apocalypse selon saint Jean commençait à prendre des allures de bluette. Les policiers, au demeurant, restèrent sur leur faim, Mme Mainières leur ayant apporté moins de révélations que d'états d'âme.

Le lendemain, la presse se déchaîna, rivalisant pour l'impact des titres. Deux journaux s'étaient retrouvés dans la référence ironique : LE TUEUR A ENCORE FRAPPÉ. D'autres, plus sobres, annonçaient : TROISIÈME MEURTRE À LA SORBONNE. Un quotidien d'extrême gauche, qui prétendait chaque jour à la manchette humoristique, exhibait un calembour éculé pour fustiger l'incompétence de la police face à ce bourreau d'élites : ON NOUS LA SORT BONNE ! tandis qu'un autre proclamait, un peu plus subtilement : L'ESPRIT FRAPPÉ !

Pendant quelques jours, l'événement occupa les commentaires, ayant pris une importance à la mesure des implications que supposait une telle répétition de meurtres (*bis repetita placent* soulignait François-Frédéric, avec un odieux ricanement). Toutes les hypothèses avaient été envisagées, y compris celle soutenue par Compan dès le début. François-Frédéric eût aimé en discuter avec lui mais, assez curieusement, il le voyait moins. Celui-ci semblait lui garder rancune d'avoir été le témoin d'une de ses faiblesses, et peut-être regrettait-il aussi d'avoir tant dévoilé de lui-même. Ils se croisaient de temps à autre sur le boulevard Saint-Michel, se faisaient un signe de la main, mais Compan passait outre, affectant la hâte professionnelle. François-Frédéric finit par penser qu'il avait même changé ses heures de repas afin d'espacer leurs occasions de se rencontrer. Il en fut attristé car, malgré leurs divergences d'opinion sur bien des points, il appréciait Savant-fou jusque dans ses extravagances...

Une semaine après le crime, lui-même et Pupenier se retrouvèrent devant un whisky désabusé dans un saloon du quartier, où François-Frédéric déclara, selon la saine tradition raciste des westerns de série B :

« C'est un Indien qui a fait le coup, Pupenier, j'en mettrais ma main au feu. Ce type est un dingue du déguisement. Comment n'avons-nous pas prévu qu'il allait remettre ça pour le Mardi gras? C'était couru, réglé comme du papier à musique. Le calendrier lui en donnait l'occasion et le moyen...

– Et le motif?

– Ça!

– En tout cas, exposa doctement Pupenier, on peut tirer deux conclusions de ce dernier meurtre : le tueur n'est pas misogyne, puisqu'il met les dames à son tableau de chasse, et la fonction enseignante n'est plus la seule visée : sans doute faut-il prendre comme critère le niveau de culture?

– En ce cas, Compan a peut-être raison? fit remarquer François-Frédéric. Ce serait un fasciste primaire pour qui l'intellectuel est l'ennemi héréditaire. »

Mais là, ils se trompaient encore, les événements allaient le leur prouver.

III

La journée avait mal commencé pour M. Duzais. Il faisait pourtant beau et tiède pour une mi-mars, mais on entrait dans la saison des grèves, dont le mot seul le mettait hors de lui. Et voici que la petite Mme Bellignat avait eu un GROS impondérable : une heure et demie au lieu de la demi-heure coutumière. Et voici que François-Frédéric Lachouan, pourtant renommé pour son exactitude, n'était pas arrivé à dix heures. Qu'une habituée du retard quotidien ne fût pas présente à l'heure, passe encore! Mais que quelqu'un comme Lachouan sur qui on était censé pouvoir compter se mît de la partie, non et non!

M. Duzais prit très mal les explications de François-Frédéric : celui-ci, qui venait par le R.E.R., en raison des difficultés de stationnement automobile dans le quartier, avait dû attendre deux fois vingt minutes : une fois à l'Etoile et une deuxième fois à Châtelet-Les Halles, lieu de sa correspondance. La chose n'était pas rare, le R.E.R. se montrant en général beaucoup plus capricieux que le métro tout-venant, mais jusqu'alors François-Frédéric, lève-tôt, avait réussi à pallier ces inconvénients. M. Duzais n'avait pas lu *L'Ane et le Cheval.* Grave lacune. Lacune encore plus grave : il connaissait mal François-Frédéric, et la seule chose qu'il n'eût pas fallu lui dire, il la lui dit :

« Je ne veux pas le savoir! »

François-Frédéric répondit sur le mode suave :

« Vous auriez été le patron d'une entreprise privée, monsieur Duzais, que j'aurais parfaitement compris votre démarche d'esprit : vous n'eussiez pas eu à tenir compte de tels aléas. Mais vous n'êtes pas le patron d'une entreprise. Vous n'êtes le patron de rien du tout. Vous n'assurez certaines responsabilités au sein de cette université qu'au nom de l'Etat, dont vous êtes le mandataire, seulement le mandataire. Or, l'Etat, mon employeur et par conséquent le vôtre, est responsable au premier chef de la bonne marche des services publics. Il serait donc mal fondé – à plus forte raison vous-même, qui êtes son représentant – à me reprocher une carence dont la faute lui revient tout entière. »

M. Duzais frémit derrière son bureau. François-Frédéric vit trembler ses doigts et blêmir ses commissures. Il se demanda, avec beaucoup de détachement, s'il allait se décider – comme la rumeur prétendait qu'il y était porté – à lever la main, François-Frédéric étant, de son côté, tout à fait prêt à lever la sienne.

M. Duzais se contint, mais alors que François-Frédéric allait sortir, il le rappela, d'une voix blanche, raide et fragile :

« Monsieur Lachouan?

– Monsieur? »

L'autre grimaçait un sourire. Il déclara, s'obligeant à une modération forcenée :

« Vous avez certainement une dialectique très agile. Mais je me demande quel tour auraient pris nos confrontations si je vous avais eu dans l'Armée, sous mes ordres, d'homme à homme. »

François-Frédéric lui rendit son sourire qui, sur le plan de la charité chrétienne, n'était guère meilleur. Il répondit :

« Il y a une antinomie formelle dans votre proposition, monsieur Duzais. On ne saurait être à la fois sous les ordres de quelqu'un et discuter d'homme à homme avec lui. Cela posé, je n'ai jamais refusé de discuter d'homme à homme avec qui que ce soit (là, regard appuyé de François-Frédéric signifiant sans ambages : vous y compris) en un temps et un lieu où les notions de hiérarchie seraient absentes... fût-ce aux premières aubes. »

M. Duzais se permit un ricanement ostensible.

« Vous, petit fonctionnaire, vous vous battriez en duel?

– J'ai assez pratiqué le fleuret, répondit modestement François-Frédéric, et je pense qu'il n'est pas besoin d'être un grand esprit pour savoir manier les armes. A ce propos, je vous rappelle que ce fier-à-bras de général Boulanger a été proprement étendu sur le pré par un vulgaire pékin du nom de Charles Floquet. »

Cette épée ayant été sa flèche du Parthe, il laissa Duzais livide, contracté, au bord de l'explosion, pour regagner son bureau. La douceur du temps extérieur conjuguée avec l'action des radiateurs avait fait que toutes les fenêtres étaient ouvertes.

« Des étudiants? demanda-t-il.

– Quelques-uns, répondit Mme Mainières, des attestations et une ou deux demandes d'équivalence.

– Il fait chaud. Pourquoi n'avez-vous pas fermé les radiateurs?

– Parce que, de cette façon, on a de l'air, et on pourra entendre les bruits de la manif... »

Elle avait pris un air gourmand.

« La manif?

– Les personnels scientifiques et techniques vont se rendre en cortège aux ministères de la Recherche et de l'Education. Ils doivent passer par la rue des Ecoles. »

Elle lui montra un papier, sur son bureau :

« Tenez, je vous ai pris un des tracts qu'ils nous distribuaient, ce matin, aux entrées, avant votre arrivée. Maintenant, ils sont repartis, c'est à Jussieu qu'ils se regroupent. »

François-Frédéric jeta un coup d'œil rapide sur le document. Il y vit, imprimé en grosses majuscules, le mot SOLIDARITÉ, et il ricana.

« Le propre de la solidarité, dit-il en s'asseyant, est de fonctionner généralement à sens unique. Toutes les catégories nobles recherchent la solidarité des personnels administratifs, mais en vingt ans de fonction publique, je n'ai jamais vu un enseignant, un scientifique ou un technicien faire grève pour les gens des bureaux.

– Vous ne les aimez pas beaucoup, hein? gloussa Mme Mainières. Vous avez pourtant un bon copain, chez eux?

– Compan, acquiesça François-Frédéric. C'est une illustration de l'éternel conflit entre les principes et les sentiments, ma chère madame. »

Et de fait, il n'appréciait guère la mentalité des menus chercheurs qui fournissaient une grande part des rationnaires déjeunant près de lui, à la cantine. Il devait, chaque jour, subir la véhémence revendicatrice de ces Fleming au petit pied, de ces Einstein méconnus, se démontrant les uns aux autres, entre la poire et le fromage, que seul, le manque de moyens, à cause de quoi ils n'avaient pas inventé les sulfamides, les empêchait à présent de guérir le cancer avant la fin du mois. Peu servis par leurs subalternes, mal secondés par leurs chefs, incompris des planqués de l'administration, ils avaient le labo plein la bouche, le verbe haut, et ce regard vigilant qui s'assure qu'alentour, les paroles portent. Et s'il leur arrivait de venir en conflit sur la priorité de leurs disciplines respectives, l'un des interlocuteurs feignait alors d'écouter son voisin en arborant l'air absent et le sourire las de celui qui sait détenir la vérité mais se fait une politesse d'entendre les arguments exposés par l'autre...

Assis, François-Frédéric consulta le *Journal officiel* pour prendre connaissance des nouveaux diplômes étrangers admis en équivalence des titres français. Il songea que, bientôt, son répertoire n'y suffirait plus. Et il entreprit d'affûter son crayon. Son taille-crayon soulevait chaque fois l'admiration de ses collègues. Il l'avait découvert dans une boutique spécialisée, et choisi pour l'élégance avec laquelle il affinait l'extrémité des crayons qu'on lui confiait, pointe de flèche élancée aux antipodes de ces cônes trapus et sans grâce qu'on obtient des modèles courants.

Alors qu'il commençait à écrire, une lointaine rumeur de foule fit vibrer les vitres.

« Les voilà! cria Mme Mainières, se dressant d'un bond.

– Ne tombez pas dans la rue, conseilla odieusement François-Frédéric, vous troubleriez la manifestation. »

Elle ne répondit pas, penchée en avant, mais se tenant solidement à la traverse latérale de la fenêtre. Maintenant, des ondes de bruit de plus en plus proches leur parvenaient, scandées des sifflets de police et de l'habituel concert d'avertisseurs donné par les automobilistes bloqués. On ne tarda pas à percevoir, sur ce fond sonore ininterrompu, des phrases à prétention musicale, une voix aiguë lançant un slogan que le chœur reprenait selon une modulation lancinante.

« Les voilà! » répéta Mme Mainières, au bord de l'extase.

Cette fois, François-Frédéric daigna la rejoindre. Le cortège venait apparemment de la rue de Jussieu. Les pancartes, nombreuses, y précédaient un flot humain où dominait le blanc, un blanc gai, parsemé de couleurs voyantes. Les manifestants avaient revêtu leurs blouses, maculées – volontairement ou non – de taches primesautières : liqueurs de tournesol et de Fehling participaient à la revendication. En avant du gros des troupes, caracolaient quelques individus, hommes ou femmes (Allez le savoir!) qui esquissaient des pas de gigue, frappant dans leurs mains et répétant leur leitmotiv que la *vox populi* reprenait sans qu'on pût y comprendre quoi que ce fût. Cependant, les mots « statut » et « recherche » y revenaient de façon régulière.

« Ah! pontifia François-Frédéric, que nous sommes loin de l'égoïsme sain et bien naturel qui devrait être de règle! Chaque fois qu'une corporation descend dans la rue, c'est toujours au nom de l'intérêt national. Moi, si un jour, je revendique, j'exigerai du fric pour moi, et rien que pour moi!

– Ils ont mis leurs blouses...

– Noblesse oblige, ricana François-Frédéric, c'est l'attribut de la fonction. Je vous le dis, madame : tant que les fonctionnaires ne défileront pas en manches de lustrine en brandissant des ronds-de-cuir, on ne les prendra pas au sérieux.

– Mais ça ne se fait plus! protesta faiblement Mme Mainières.

– Eh bien, c'est un tort. L'uniforme, quel qu'il soit, flatte l'imagination, soudoie la raison, et peint la manifestation aux couleurs de la morale professionnelle. C'est le véhicule d'une bonne déontologie... »

Un énorme hurlement monta soudain de la rue. Le cortège était arrivé sous leurs fenêtres, où les banderoles s'agitaient comme au vent du large. Les avant-gardes tournaient aussi vite que des derviches, au rythme « rap » scandé par les manifestants. Partout, dans le bâtiment, on entendait le bruit des fenêtres que la curiosité générale ouvrait sur le spectacle.

« Du pain et des jeux... murmura François-Frédéric.

– Pardon?

– Une réflexion que j'ai entendue récemment, de la bouche d'un de ceux qui s'agitent en bas. »

Mains dans les poches, François-Frédéric déchiffrait les pancartes annonçant la provenance des délégations : les universités de Paris V, Paris VI, Paris VII, etc., plus les grands établissements scientifiques, plus les écoles d'ingénieurs, plus les instituts universitaires de technologie, plus, bien entendu, les bataillons du C.N.R.S. qui constituaient le moteur, l'ossature et l'infanterie espagnole du cortège.

Brusquement, dans la rue, se produisit une bousculade. De même qu'une comète perd de sa substance durant sa course, voilà que des éléments isolés s'étaient détachés de la foule. Ils s'engouffraient dans la Sorbonne par les portes de la rue des Ecoles et de la rue Saint-Jacques, prenant de court les vigiles débordés et privés d'instructions. Bientôt, ce fut toute une cohorte qui entreprit d'investir le bâtiment, à la recherche de nouveaux supporters. Un mot courait, en bas, qui ne tarda pas à s'amplifier, et dont les façades de la rue des Ecoles se renvoyèrent l'écho :

« Solidarité! Solidarité!

– Les bureaux avec nous! Les bureaux avec nous!

– Ben voyons », dit François-Frédéric, qui revint s'asseoir, ostensiblement détaché des agitations de ce bas monde.

Des vociférations résonnaient dans les escaliers, des appels fusaient, et le parquet des couloirs vibrait au rythme des galopades. On frappait aux portes, on les ouvrait, des dialogues hâtifs, parfois hostiles s'échangeaient.

– Ça va venir ici », prédit Mme Mainières, réjouie.

Cela vint. On cogna très fort contre le battant, qui s'ouvrit aussitôt, laissant passer une jeune tête excitée :

« Eh, les bureaux, avec nous!

– Et ta sœur? répliqua placidement François-Frédéric. Avec qui elle est? »

L'homme en blouse n'eut pas le temps de répondre. Un peu plus loin, on entendit hurler Duzais, aux limites de l'aigu :

« Foutez-moi le camp, bande de propres-à-rien! »

Un autre manifestant, hilare, vint aussitôt tirer le premier par la manche :

« Eh, barrons-nous, il y a du danger! J'ai trouvé un vieux con, là, qui a les yeux hors de la tête! J'ai cru qu'il allait me griffer!

– Tu as raison, avec les bureaucrates, il n'y a rien à glander! »

Ils détalèrent en riant aux éclats.

« Les C.R.S.! » cria Mme Mainières, de son poste de vigie.

Les camions gris étaient arrivés par le boulevard Saint-Michel et se rangeaient tout autour de la place Paul-Painlevé, déversant leur cargaison d'uniformes bleus. Par les fenêtres, on vit les casques s'aligner de part et d'autre de la Sorbonne. Des huées s'élevèrent du cortège, où les banderoles tanguèrent sur la houle des têtes vociférantes. Mais les responsables intervenaient, les bras levés, criant à leurs troupes :

« Du calme, du calme! Pas d'incidents, de toute façon, on va repartir! »

Cela ne semblait pas en prendre le chemin. Des tumultes agitaient encore les couloirs, où retentissaient des mots d'ordre contradictoires. Bientôt, le téléphone se mit à sonner dans tous les bureaux. François-

Frédéric décrocha le sien : c'était le secrétariat général, qui transmettait les consignes du service de sécurité : ordre était donné d'évacuer temporairement le bâtiment pour éviter les incidents. Les agents étaient cependant invités à ne pas s'éloigner de la Sorbonne, où ils pourraient regagner leurs bureaux dès que le calme serait revenu. Il leur était notamment recommandé de débrancher les machines et de fermer les portes à clef avant de partir.

« Bon, on s'en va », dit François-Frédéric.

Fébrile, Mme Mainières saisissait son sac et son manteau.

« Les cafés du coin vont faire des affaires d'or », jubila-t-elle sans raison apparente.

Dans le couloir, ils retrouvèrent leurs collègues des autres services, passant en groupe devant le bureau de Duzais qui, planté sur le seuil, les regarda défiler, pâle de rage rentrée.

« Vous partez aussi, monsieur Lachouan? siffla-t-il, vous obtempérez, vous cédez à la force?

– Ce sont les ordres, monsieur, répondit François-Frédéric. Vous ne sauriez me reprocher de les exécuter.

– Et vous trouvez ça digne, de fuir ainsi?

– Je ne me pose pas la question, monsieur. C'est au-dessus de ma condition hiérarchique, cela ressortirait à l'insubordination. Comme vous le disiez vous-même, il y a peu : je ne veux pas le savoir. »

Faurigne attendit qu'ils eussent emprunté l'escalier pour hennir de rire.

« Alors, là, mon vieux, tu l'as porté à ébullition! J'ai cru voir de la fumée sortir par ses oreilles!

– Il reste, lui? demanda Mme Mainières.

– Mais c'est bien normal! s'écria François-Frédéric. Le capitaine coule avec son navire, debout sur la dunette, en criant : « Les femmes et les dossiers d'abord! »

Ce fut un quart d'heure de joyeuse cohue. Des

vigiles tendus, un peu rudes, canalisaient l'exode des employés, qu'ils faisaient sortir par la rue Cujas, d'où ils s'égaillaient un peu partout. François-Frédéric, Mme Mainières, Faurigne, auxquels s'était joint un M. Roger angoissé par ces vacarmes, entamèrent un crochet qui, par le début de la rue de Vaugirard, puis la rue Monsieur-le-Prince et la rue Dupuytren, les mena boulevard Saint-Germain, qu'ils reprirent à droite afin de remonter par la rue Saint-Jacques. Mais, parvenus au niveau de la rue des Ecoles, un cordon de C.R.S. les empêcha de rejoindre le cortège des manifestants, lequel piétinait, à quelques pas, dans une cacophonie de chants, de cris et de coups de sifflet.

Une foule s'était massée à l'intérieur du square, certains audacieux ayant grimpé sur les bancs pour avoir une vue panoramique de la situation. Ils s'y mêlèrent. Beaucoup de badauds étaient d'ailleurs, comme eux, des fonctionnaires de l'Education nationale qu'on venait d'évacuer de la Sorbonne, ou d'autres, accourus des universités voisines pour assister au spectacle. Les rumeurs les plus folles couraient, on parlait d'une entrevue accordée par le recteur à une délégation, on chuchotait aussi que les C.R.S. allaient charger d'une minute à l'autre, ce qui parut emplir M. Roger d'une subite panique. Pressant l'une contre l'autre ses mains grêles, son visage lunaire frémissant d'angoisse contenue, il confia d'une voix contractée à François-Frédéric :

« Je n'aime pas la police, j'en ai peur... Une fois, j'ai eu affaire à elle, vous savez?

– Ah! bon? » fit François-Frédéric, sans oser aller plus avant, de peur de compromettre Mimi Echenoz.

De son index replié, M. Roger lui fit signe de se rapprocher. Et il lui souffla :

« C'est quand j'étais petit. On m'a emmené au commissariat... Heureusement, mes parents m'ont fait sortir... »

Il ajouta, sur le ton de la confidence :

« J'avais volé un jouet dans un prisunic, un pistolet, de ceux qui tirent de ces petites flèches garnies d'une ventouse en caoutchouc, et qu'on vend sur un carton qui sert de cible...

– Mais pourquoi? » demanda François-Frédéric, sa curiosité soudain éveillée.

Cette fois, M. Roger garda le silence, arborant un air de défi buté, comme si l'on tentait d'empiéter sur sa vie privée. François-Frédéric n'insista pas, d'autant qu'une phrase se répétait dans la petite foule qui l'entourait.

« Ils sortent, ils sortent! »

Un accord avait dû intervenir, car tout en haut de la rue Saint-Jacques, les blouses blanches quittaient l'immeuble en file indienne, levant deux doigts en V, comme tous ceux qui, généralement, n'ont rien obtenu. Mme Mainières interrogea François-Frédéric :

« Qu'est-ce qui se passe, monsieur Lachouan? On dirait que quelque chose vous tracasse. Vous avez l'air de penser à mort!

– Toutes ces blouses blanches... dit François Frédéric.

– Quoi, ces blouses blanches?

– Quel anonymat, au fond... N'importe qui peut enfiler une blouse, s'introduire là-dedans, et disparaître ensuite au milieu de la manifestation en profitant de la pagaille...

– Je ne comprends pas », dit M. Roger.

Sa dernière syllabe s'étouffa. François-Frédéric lui vit les yeux exorbités, la bouche ouverte. Il tourna la tête, suivant son regard. Et il reçut, dans l'éblouissement du soleil, le choc d'une vision qu'il ne devait jamais oublier : un corps tombait le long de la façade, les bras étendus, en une vrille silencieuse dont l'intensité dramatique le pétrifia. Un choc sourd résonna jusqu'au ciel, que suivit, comme en écho, une sorte d'énorme soupir exhalé par la foule. Et puis, des femmes se mirent à crier...

Pendant une interminable minute, une houle de chuchotements se propagea *crescendo* le long du cortège, tirant curieusement derrière elle un tragique ressac de silence. Une pause inexprimable s'établit au milieu du tourbillon des bruits. Soudain, une femme se remit à hurler, longuement, sans hiatus... comme si cela constituait un signal, les sifflets de police se déchaînèrent. On vit, dans la rue Saint-Jacques, des gens courir en tous sens, des gens en civil, des gens en uniforme bleu, des gens en uniforme gris, plus quelques blouses blanches, éperdues comme des papillons confrontés à une trop grande lumière.

Sur cette erre, les bobards galopèrent : au cours d'une bagarre entre manifestants, quelqu'un était tombé; un employé trop curieux qui s'était penché à sa fenêtre avait basculé dans le vide; un cadre surmené avait choisi cette circonstance pour mettre fin à ses tracas professionnels...

François-Frédéric, pour sa part, avait peine à réprimer le tremblement de ses mains, malgré le cynisme qu'il aimait à afficher, et, en quelque sorte, il envia la faculté de récupération de Mme Mainières, laquelle relatait le drame, d'un ton légèrement chevrotant, à qui voulait l'entendre.

« Oh! mais je l'ai bien vu, allez! Et je le reverrai toutes mes nuits, dans mes cauchemars! Il avait les yeux exorbités, et une expression de terreur abjecte était peinte sur son visage...

– Non, madame, dit soudain Faurigne, près d'elle, d'une voix bizarre, une voix blanche qui ne lui ressemblait guère.

– Quoi, fit-elle, quoi?

– Vous n'avez pas vu son visage parce que vous ne pouviez pas le voir. Cet homme a basculé en arrière, il avait le dos tourné à la rue quand il est tombé... exactement comme si on l'avait poussé.

– Quoi? » répéta-t-elle, maussade.

François-Frédéric intervint :

« Moi, j'ai eu l'impression que ça se produisait chez nous... dans notre coin d'immeuble, au deuxième étage.

– Plutôt! ricana Faurigne. Alors, tu n'as pas reconnu la silhouette? C'était Duzais. On n'a plus de chef, mon vieux... »

IV

Le premier étonnement réel dont François-Frédéric prit conscience face au drame fut son étonnement de cinéphile. Il avait toujours cru que les gens tombaient de haut avec un long hurlement, dont l'acuité diminuait en proportion de la chute. Duzais n'avait pas crié; peut-être la stupéfaction; peut-être aussi cette ultime réaction d'un militaire à qui sa dignité professionnelle interdit de manifester sa peur au seuil de la mort...

Autour de la Sorbonne, se développait maintenant un étrange phénomène. La kermesse ayant tourné à la tragédie, l'excitation était retombée, tandis que la consternation remplaçait la liesse. Et les manifestants ne semblaient plus avoir qu'une hâte : quitter la place. D'autant que les C.R.S., visages fermés, durcissaient leur attitude au gré d'ordres parfois contradictoires, et entreprenaient de faire dégager les lieux de l'accident sans ménagements excessifs...

« Vous allez voir qu'ils vont nous faire porter le chapeau, ces fumiers-là! »

Des responsables en blouse, les traits tirés par l'inquiétude, vinrent haranguer la foule :

« Du calme! Gardez votre calme, on continue!

– Cette histoire ne nous concerne pas! Il s'agit d'une affaire privée! On s'en va, direction le ministère! »

Ils s'ébranlaient, sous l'œil un peu goguenard des C.R.S., dont la haie s'allongeait jusqu'au boulevard Saint-Michel. La queue du cortège n'avait pas encore atteint la rue Saint-Jacques que le hurlement des ambulances, souligné de coups de sifflets stridents, résonnait dans tout le quartier. Les voitures arrivèrent, signant un tableau de panique polychrome, police bleue, ambulance blanche, rangées autour de la tache rouge étoilée sur le bitume, auréole dérisoire à la tête du malheureux Duzais, martyr, mais pas saint pour autant.

Plus tard, dans l'après-midi, alors qu'ils avaient tous regagné leurs bureaux, et que les conversations bruissaient dans les couloirs comme un essaim d'abeilles volubiles, François-Frédéric reçut un coup de fil par le circuit intérieur : Pupenier lui demandait s'il était possible qu'il vînt le trouver dans le petit bureau du rez-de-chaussée que la force des choses et la persistance du drame avaient fini par affecter à la trivialité policière dans cet univers de haute spiritualité. François-Frédéric y fut présenté au commissaire principal, honneur qu'il n'apprécia que médiocrement, et invité à dire ce qu'il savait de l'affaire.

« Je n'ai assisté qu'à la fin de la trajectoire, exposa-t-il avec distinction. Je n'ai donc pas vu ce qu'a vu Faurigne, mon collègue des Examens, lequel voudra bien, peut-être, s'en expliquer devant vous, pour peu que vous le lui demandiez poliment. Selon lui, Duzais est tombé en arrière, comme si on l'avait poussé depuis l'intérieur.

– Ce pourrait donc être un quatrième meurtre de la série qui nous occupe », conclut le commissaire principal, homme mûr et dégoûté de tout, qui maniait son vocabulaire le plus délicatement possible.

François-Frédéric acquiesça mollement. L'autre reprit :

« Il y a cependant peu de liens entre le professeur Mériaume, intellectuel confirmé, et ce M. Duzais, ancien militaire, dont la personnalité ne semble pas susceptible de catalyser une hargne de droite.

– Il en existe pourtant, dit François-Frédéric. Ils travaillaient à la Sorbonne et je m'étais querellé avec tous les deux le jour même de leur assassinat... »

Pupenier, exaspéré, leva les yeux au ciel. Le commissaire principal, la paume évanescente, fit celui qui n'a rien entendu.

« ... Cela dit, enchaîna François-Frédéric sur le mode sarcastique, sollicitez-vous mon avis ou exigez-vous mon témoignage?

– Votre avis, seulement votre avis, répondit hâtivement le policier. Et d'une façon qui n'a rien d'officiel, j'en prends l'engagement!

– En ce cas, je vous le donne, déclara François-Frédéric, munificent. Il s'agit sans doute du quatrième crime de la série, ce, pour une raison bien simple : chaque fois, l'assassin a frappé avec les armes du contexte. Le shérif a utilisé un 45, Guillaume Tell une arbalète, l'Indien un tomahawk. Là...

– Là? répéta Pupenier, en alerte.

– Là, nous avions affaire à des scientifiques, des chercheurs en sciences naturelles, en chimie – mais il n'y a pas eu empoisonnement – et enfin en physique... »

Quelque chose, dans le ton de sa voix, éveilla l'attention de ses interlocuteurs.

« Les lois éternelles de la gravitation, poursuivit-il, Newton, la pomme...

– ... la pesanteur », conclut sourdement Pupenier, pour le plus grand bénéfice de son supérieur hiérarchique.

V

Le lendemain, l'atmosphère n'était pas à la consternation, malgré les croassements lugubres des corneilles nichées sous les toits. Personne n'eût souhaité la mort de Duzais, mais personne ne manquait de pudeur administrative au point d'en afficher le deuil. En fait, la tutelle disparue, c'était un peu une atmosphère de vacances qui régnait. Le travail se faisait aussi bien, mais dans la décontraction et la bonne humeur, et il semblait que seul, eût été réellement traumatisé par l'événement ce pauvre M. Roger, du bureau des Transferts. Il est vrai qu'il avait été le premier à voir Duzais faire la culbute. Il avait donc téléphoné pour avertir qu'il était souffrant. Avec un luxe de détails intimes que personne ne lui demandait, il avait ajouté que ses malaises étaient compliqués par le fait qu'anémique, il prenait des médicaments à base de fer dont l'émotion avait décuplé l'effet, si bien qu'il devait se précipiter aux toilettes toutes les demi-heures que Dieu faisait.

« Tel fer, tel pisse », conclut François-Frédéric qui, dans les grandes occasions, ne dédaignait pas de taquiner la contrepèterie.

Et il avait déclaré, à l'intention expresse de Mme Mainières :

« Il reste cependant étonnant qu'un homme de l'âge de Bonnot se permette d'avoir des nerfs aussi fragiles. »

Mme Mainières avait dûment haussé les épaules. Un peu plus tard, un autre coup de téléphone mit François-Frédéric d'excellente humeur, celui de Pupenier, perdu, égaré, hagard : la police errait. Il n'y avait eu aucun témoin au drame, soit que celui-ci se fût déroulé en dehors de toute présence oculaire, soit que les éventuels spectateurs se souciassent peu de mettre le doigt dans un engrenage que la philosophie populaire et la mystique de Kafka leur dépeignaient comme irrémédiablement sans retour. Un seul point demeurait acquis : Duzais avait été précipité en bas, non pas d'une fenêtre de son bureau, mais d'une de celles du couloir. Sur la fin de la conversation, Pupenier, quoique démoralisé, avait cédé aux tentations de l'amabilité :

« Et vous, comment vous débrouillez-vous, sans chef?

– Le mieux du monde, répondit primesautièrement François-Frédéric. Vous n'êtes pas sans connaître l'administration, Pupenier. Non seulement s'y applique le principe de Peter, qui veut que chaque employé tende vers son plus haut niveau d'incompétence, mais encore et surtout son corollaire immédiat, à savoir que plus un fonctionnaire est haut placé, moins son absence est ressentie. Il y aura toujours quelqu'un pour signer à sa place. En revanche, qu'une dactylo tombe malade et c'est la catastrophe nationale : tout le service est paralysé!

– Vous avez lu la presse?

– Un peu.

– C'est la bonne dose. On ne nous épargne pas.

– Qu'importe? dit joyeusement François-Frédéric. Vous avez votre conscience pour vous. C'est même tout ce que vous avez, et comme dit l'autre, c'est pas bésef! »

La circonstance le portait décidément à la gouaille faubourienne. Pupenier reprenait, prudemment :

« Dites-moi, votre ami, Compan, c'est un chercheur, il devait s'y trouver en plein, dans le bazar... Peut-être pourrait-il nous apporter quelques lumières?

– N'y comptez pas, répondit François-Frédéric, sans barguigner. C'est qu'il ne fait pas dans le civique, le

bougre! Mais vous pouvez toujours le lui demander.
– Vous avez son numéro de téléphone?
– Pas personnel. Au travail. Vous notez : 336-25-25... »

Ce devoir accompli, François-Frédéric regarda tout de même les manchettes étalées sur les nombreuses feuilles qu'une Mme Mainières, assoiffée de sensationnel, avait rapportées :

LA SORBONNE HANTÉE!
LA POLICE DÉFIÉE!
JUSQU'OÙ IRA-T-IL?
AVE SORBON, MORITURI...

Enfin, un organe titrait :

UN PERFECTIONNISTE DU CRIME?

Et le journaliste de reprendre la thèse soutenue la veille par François-Frédéric devant Pupenier : lors du quatrième meurtre, le criminel avait encore utilisé l'arme ressortissant à son déguisement : la pesanteur, loi de physique essentielle. François-Frédéric en fut d'autant plus flatté qu'il doutait que cette idée eût eu le temps d'être plagiée. Son immodestie naturelle mit la coïncidence au compte de ces rencontres que la sagesse des nations prête aux grands esprits. Faurigne, qui avait récupéré les journaux pour ses mots croisés, le questionna :

« Toi qui es si fort, en sept lettres : tout ce qui fait la différence entre l'intelligence et la culture?
– Diplôme », répondit François-Frédéric, rêveur.

VI

Le lendemain, François-Frédéric dédaigna sa cantine habituelle de la rue de l'Abbé-de-l'Epée pour retourner à celle de la rue Racine. La raison en était des plus prosaïques. La veille, sur le tableau noir préposé à cet effet, le pittoresque établissement de restauration avait, comme à l'ordinaire, affiché son menu du lendemain : il y aurait des frites. On avait rapporté le détail à François-Frédéric. Or, celui-ci, qui affichait le chipotage et donnait dans l'appétit d'oiseau, avouait une passion triviale : les frites. Il affectait de rire lui-même de cette dissonance dans le panorama général de sa distinction, de cette exception prolétarienne à la règle patricienne de sa gastronomie. (« Mettez-moi devant une assiette de frites et je chante la Brabançonne... »)

Il avait donc cédé à ce déplorable penchant, lequel, d'ailleurs, il devait payer sans attendre : il se retrouva assis à côté de Badinguet, de Tessel, et des ouvriers de l'équipe d'entretien. Ceux-ci ne manquèrent pas de le questionner sur l'absence, très remarquée, de M. Roger à la Sorbonne. Il ne put que leur rapporter la vérité : ce pauvre M. Roger avait été bouleversé par le drame dont il avait été témoin.

A table, la compassion ne fut pas générale.

« Pauvre petit chou, grinça notamment Tessel. Il a plutôt voulu se payer des vacances, oui! »

Badinguet le sermonna :

« Tu ne l'aimes pas, Tessel, parce qu'il n'est pas vulgaire et ne rit pas de tes conneries. N'empêche qu'il t'a sorti une épine du pied. Rappelle-toi, l'année dernière, quand tu avais perdu toutes les clefs du service et qu'il les a retrouvées sous l'escalier du courrier! Tu étais salement emmerdé, hein?

– Perdu, grommela Tessel, moi, je demande à voir. Je me souviens très bien les avoir posées sur un coin de la rampe. C'est un salopard qui m'a fait une farce, oui!... »

Un autre des convives l'interrompit bruyamment :

« Dis plutôt que tu les as paumées en furetant à droite et à gauche, fouille-merde de mes deux! »

La réflexion souleva un chœur de quolibets qui draina tous les regards vers leur table. Tessel s'était rembruni.

« Rigolez, rigolez... murmura-t-il, les yeux en dessous. N'empêche que moi, à force de fouiner, je connais des choses qui vous laisseraient tous le cul par terre... »

Il était décidément odieux, avec sa moustache anémique et ses favoris descendant jusqu'au cou. François-Frédéric lui vit des airs de Carradine au moment où il va loger une balle dans le dos de Tyrone Power, accrochant un tableau au mur, à la fin du *Brigand bien-aimé*.

VII

Entre François-Frédéric et Pupenier, les liens d'amitié se resserraient. Ils se retrouvaient un peu compagnons d'armes, comme au temps de leur première enquête, mais sans cette rivalité amoureuse et vestimentaire qui avait aiguisé leurs premiers rapports. Et ils avaient pris l'habitude d'aller boire ensemble un whisky vespéral chaque fois que François-Frédéric était libre.

Ce soir-là, Pupenier rapporta à François-Frédéric son entretien téléphonique avec Savant-fou. Il le fit sans amertume : bien entendu, Compan avait été aigre. Ce n'était pas parce qu'il jouait volontiers aux hypothèses qu'il était prêt à jouer aux indics. Et d'ailleurs, il n'avait rien vu, ne se privant pas au passage, d'une référence ironique à la pagaille de Waterloo, façon Stendhal...

« Prévu, dit François-Frédéric.

– Et votre copain, là, ce M. Roger, ne pourrait-il pas nous renseigner?

– Nous étions ensemble, il n'a rien vu de plus que moi. D'ailleurs, il est souffrant, le drame l'a bouleversé. J'ajoute que le mot seul de police le plonge dans les transes... »

François-Frédéric ajoutant sarcastiquement :

« Mais là, c'est normal, il a l'âge de Bonnot, lui aussi...

– Ah! non justement, précisa Pupenier. Ce n'est pas vrai, cette histoire.

– Comment ça? s'écria François-Frédéric, stupéfait. Mais c'est vous, le premier, qui...

– Je sais. Mais entre-temps, j'ai vérifié. J'avais noté ce détail sur un livre à prétentions sociologiques, qui dressait un tableau comparatif de la longévité des bandits les plus célèbres. Bonnot y était porté pour trente-trois ans, alors qu'il est mort à trente-six.

– Méfions-nous des ouvrages spécialisés, conclut François-Frédéric. Moi-même, dans certain *Dictionnaire des Assassins,* j'ai relevé qu'à la rubrique « Couty de la Pommerais », l'auteur attribuait à Barbey d'Aurevilly ce qui appartenait à Villiers de l'Isle-Adam... mais parlons plutôt de votre enquête.

– Point mort, dit laconiquement Pupenier. La piste Lamory est définitivement abandonnée.

– Lamory?

– Cet instituteur tué au fusil de guerre dont je vous ai parlé, le mois dernier. Décidément rien à voir. En revanche, j'ai là un article intéressant sur notre affaire, publié par un magazine spécialisé en psychologie... »

De sa serviette, il sortit une brochure en papier glacé, qu'il ouvrit à la page concernée avant de le tendre à François-Frédéric. L'article, intitulé *L'Hôte inconnu*, était signé du Pr Téaulé, célèbre pour ses compétences dans le domaine du crime et de la psychiatrie. François-Frédéric parcourut rapidement l'introduction, qui rappelait quelques idées générales, avant d'en venir à l'essentiel du texte. Il lut :

... Un assassin, c'est donc toujours un peu un fou. Un assassin en série, c'est même sûrement un fou. Mais il faut se garder de considérer la folie comme la manifestation d'une incohérence chronique de l'esprit. Il existe, au contraire, à la base de chaque démence, une ligne conductrice immuable. Cette forme de pensée, appelée par Minkowski et Rogues de Fursac « rationalisme morbide », repose sur des conceptions abstraites, la plupart du temps étrangères à l'expérience quotidienne, et, de ce fait, empreintes d'une rigidité absolue. Sentiment et raison sont alors soumis à une logique sans faille, qui constitue la déviation la plus redoutable du psychisme. Le malade vit, en quelque sorte, dans un monde parallèle, où les idées parasites qui l'assaillent contribuent à la formation de psychoses paranoïdes. Il y a, en même temps, interréaction continue entre conscient et inconscient, aboutissant à ce phénomène analysé par Clérambault où personnalité délirante et personnalité normale finissent par vivre côte à côte comme deux locataires dans le même logement. L'une donne toutes les apparences de la bonne santé mentale. L'autre polarise ses hantises sur un sujet bien déterminé. Pendant ses périodes de calme, l'aliéné conserve une faculté de raisonnement tout à fait saine, état que Trelat désigne sous le nom de « folie lucide ». A d'autres moments, son obsession se cristallise sur un point bien déterminé, certaines singularités, certains types physiques, voire certaines circonstances particulières qui lui rappellent l'incident – souvent mineur – qui est la base ou le prétexte de son dérèglement; d'où également le terme de « folie par-

tielle », maintenant substitué à l'ancienne monomanie d'Esquirol...

François-Frédéric releva la tête.

« Il existe des exemples précis de ces cas-là, dans votre folklore professionnel? demanda-t-il à Pupenier.

– Plutôt! répondit l'autre. Le fameux Jack l'Eventreur en est un exemple frappant, de même que son émule français, Vacher, qui éventrait les bergères parce que sa fiancée l'avait repoussé... Et tenez, Lachouan, il me revient une affaire exemplaire : le successeur de Bertillon à la police judiciaire, le célèbre Bayle, a été assassiné par un individu à qui, des années auparavant, il avait donné tort, lors d'un procès immobilier où il avait été requis en tant qu'expert. Incroyable, non?

– Pas tellement, murmura François-Frédéric. J'ai lu récemment dans la presse quelque chose d'encore plus significatif. Un automobiliste qui s'était querellé avec un autre automobiliste, a attendu plusieurs mois avant de se rendre au domicile de celui-ci, dont il a tué la femme et blessé la fille : l'intéressé était absent lors de sa visite!... »

Il reprit sa lecture :

... Il en est de ces délires, qui cheminent longtemps dans la nuit de l'inconscient, comme des rivières souterraines, débouchant soudain au jour, très en aval de leur source. Freud, d'ailleurs, n'est jamais bien loin. A la base du dérèglement, on trouve toujours, et c'est évident, un trouble du caractère, un état passionnel nourri de frustrations et de rancunes, un désir de venger des offenses réelles, des torts imaginaires – confer l'assassin de Drôle de drame, *qui tuait les bouchers parce qu'il aimait les moutons – bref, autant de psychoses déterminant ce type d'aliéné auquel Falret applique le terme si justifié de « persécuté-*

persécuteur ». La paranoïa étant la chose du monde la mieux partagée, le Dr Jekill, contrarié par les tabous sociaux dans ses fantasmes et ses désirs les plus secrets, charge M. Hyde de les réaliser à sa place...

Reste à déterminer ce qui déclenche les pulsions meurtrières chez l'assassin. Dans le cas qui nous occupe, on a d'abord pensé à ces réactions antisociales que Sérieux et Capgras rattachent à leur fameux « délire d'interprétation ». Ainsi, étaient visés en priorité les professeurs, les enseignants. Mais le troisième crime a élargi l'éventail : c'est le niveau intellectuel qui constituait le critère. Enfin, au quatrième meurtre, on ne peut que penser à la position hiérarchique : M. Duzais était un cadre supérieur, tout comme, d'une certaine façon, les trois victimes précédentes.

Il faut maintenant souhaiter qu'un cinquième crime ne vienne pas compliquer les choses, un crime dont, cette fois, la victime ne ressortirait à aucune des catégories précédentes. Car, dès lors, la conclusion deviendrait des plus évidentes : le catalyseur serait simplement le mot « Sorbonne ».

... Et l'on peut comprendre l'angoisse de tous ceux qui vivent ou travaillent dans ce bâtiment, dont, sans doute, la pensée secrète, qu'ils se gardent de formuler tant est redoutable la magie du verbe, se résume à une seule question : à qui le tour?

VIII

Le lendemain matin, on découvrit dans les sous-sols de la Sorbonne, le corps d'un des ouvriers chargés de l'entretien, un nommé André Tessel. Il avait été tué d'un coup en plein cœur, porté par ce que les experts identifièrent comme une lame d'acier longue et mince, qui n'était pas sans évoquer une épée. La même lame avait tracé, sur le front du cadavre, une lettre sanglante en manière de signature : z.

IX

Zorro resserra les pans de sa cape autour de lui, et il fouetta l'air de son épée à plusieurs reprises. Il faisait noir, dans le souterrain, mais il connaissait parfaitement ces lieux obscurs où il avait joué enfant. Derrière la muraille, l'attendait l'homme qu'il devait tuer, avec son visage aigu souligné par une fine moustache...

Mimi Echenoz se pencha vers François-Frédéric.

« Je ne vous savais pas un fanatique de ces films d'action.

– J'ai des raisons particulières de revoir celui-là, chuchota François-Frédéric. Je vous en parlerai à la sortie. »

Les traîtres tués ou chassés, le héros et l'héroïne mariés pour leur plus grand bonheur et une meilleure démographie, le public évacua la salle d'Art et d'Essai qui donnait, cette semaine-là, un festival Rouben Mamoulian. Mimi et François-Frédéric allèrent boire un dernier verre au pub de la rue de l'Ancienne-Comédie encore ouvert.

Leurs rapports traversaient une phase particulière. François-Frédéric affectait une patience illimitée, concrétisée par des attitudes d'immuable courtoisie. Il espérait vaguement que l'amour-propre féminin de Mimi finirait par se lasser d'avoir affaire à un si parfait gentleman, mais ayant à peu près tout essayé qui se tînt dans les limites d'une bonne éducation, il n'avait plus grande confiance en sa stratégie amoureuse. La vérité, c'est que la jeune femme avait moins peur de lui que d'elle-même, d'un cœur trop vulnérable et trop soumis aux dangereuses tentations de l'absolu. En attendant, elle était entrée dans le jeu, et ils ne parlaient plus que de sujets très généraux, sans importance, sans danger, comme, par exemple, l'épidémie de meurtres qui ensanglantait la Sorbonne...

Devant leurs verres, François-Frédéric évoqua Basil Rathbone, le méchant du film, qu'un physique inquiétant avait voué aux rôles de traîtres – à l'exception notable du personnage de Sherlock Holmes – et condamné à périr sous les coups de tous les séducteurs de l'époque, de Gary Cooper à Errol Flynn – deux fois – en passant, au cas particulier, par Tyrone Power, autant de héros de toile que cet authentique escrimeur eût embrochés dès les premières passes d'armes si les scénarios ne le lui avaient interdit. Mimi, quant à elle, avouait avoir été fascinée par les fesses de Tyrone Power, tremblant comme de la gelée dans une culotte trop collante pendant qu'il faisait danser le fandango à Linda Darnell.

« Et c'est pour voir le duel final que vous m'avez entraînée là, F.-F.? »

Il répondit, étrangement soucieux :

« Beaucoup moins que pour me pénétrer du contexte. Vous avez vu Zorro, utilisant les souterrains afin d'accomplir ses exploits? Cela m'ouvre des horizons tout à fait surprenants : l'autre jour, à la cantine, j'ai entendu ce Tessel, celui qui vient d'être tué, justement, qui prononçait des paroles curieuses. Il prétendait connaître des secrets qui auraient stupéfié tout le monde...

– A propos des meurtres?

– Je n'en sais rien, car à ce moment, la conversation a dévié, et d'ailleurs personne ne semblait le croire. Il avait pourtant une réputation de redoutable fouineur. Un détail m'est alors revenu. Vous souvenez-vous du jour où cette Mlle Brignac, conservateur dans une bibliothèque, a été assassinée?

– Pendant les concerts de Midi?

– C'est ça... Nous avions vu passer un Indien dont

vous avez alors remarqué qu'il paraissait brandir une véritable hachette.

– Ce même Indien qu'on soupçonne maintenant d'avoir commis le troisième meurtre?

– Oui. Eh bien, peu après, quand l'équipe de l'entretien est partie pour se rendre à la cantine, on l'a cherché partout, le dénommé Tessel... il avait disparu. »

Mimi frappa dans ses mains, son intérêt soudain excité.

« Il aurait donc suivi l'Indien à l'intérieur de la Sorbonne? Et surpris son secret? Mais pourquoi l'Indien et pas un autre de ces masques?

– Peut-être parce qu'il l'avait reconnu sous ses peintures de guerre? Vous savez, Mimi, ces gens fondamentalement indiscrets ont une sorte de génie pour déceler les choses qu'on veut cacher.

– Donc, à votre avis, Tessel n'aurait pas été tué pour les mêmes raisons que les quatre premiers?

– Exactement. Utilisant le jargon sartrien, je dirais qu'il l'a été pour des raisons existentielles, les autres l'ayant été pour des raisons essentielles. Zorro n'a supprimé là qu'un espion de l'Alcade.

– Et en ce cas, retour à la case départ, conclut Mimi, la lèvre pensivement mordue. Ce serait toujours la position intellectuelle ou sociale qui serait visée.

– Sociale. Sociale puisque nous avons Duzais. Intellectuelle, c'est tout de même trop lui reconnaître... A ce propos, votre ami Roger a très mal supporté le choc. Il en est malade.

– Je n'en suis pas surprise, dit Mimi. C'est un garçon fragile, mal préparé à la tragédie, traumatisé dès que le cadre de ses rapports avec son environnement quotidien est dépassé par la circonstance. La faute en revient peut-être à ses parents, qui l'ont élevé dans un véritable cocon.

– Fils unique?

– Bien sûr, et choyé en proportion de ses faiblesses.

Ils lui ont évité tout contact avec les laideurs de la vie, comme avec ses drames. Ils choisissaient ses lectures, ses spectacles... Tenez, même certains feuilletons de télévision, quand il était petit, on les lui interdisait. Il y en avait de violents, vous savez? Alors, sous prétexte d'un goûter ou d'autre chose, il venait les regarder chez moi... c'est l'une de nos complicités d'enfance », ajouta-t-elle dans un sourire mélancolique.

Elle reprit, après un instant de réflexion :

« Au fond, il fait aussi bien de rester chez lui quelque temps. Cette atmosphère ne lui vaut rien.

– Il vit seul?

– Eh oui, depuis la mort de ses parents. Il habite l'appartement qu'ils lui ont laissé dans le sixième arrondissement, et quant à la question financière, aucun problème : ils avaient pris la précaution de lui constituer une sorte de rente, qui le met à l'abri du besoin pour le restant de ses jours.

– Je le vois quand même mal faisant face aux difficultés matérielles du quotidien. »

Mimi haussa les épaules. Elle dit tristement :

« Oh! vous savez, il possède cette forme d'intelligence pratique à base d'automatismes appris. Et puis, l'ancienne bonne de la famille vient chaque jour faire son ménage et lui préparer sa cuisine du soir, qu'il n'a qu'à faire réchauffer. Quand elle mourra ou deviendra trop vieille, il est certain qu'alors, la question se reposera. »

Ils sortirent. La température était douce, et les rues encore animées. Le lendemain soir, la salle donnait un autre Mamoulian, *La Belle de Moscou*, et malgré le soin qu'elle mettait à conserver à leurs rencontres un rythme désinvolte, Mimi, férue de Fred Astaire et de Cyd Charisse, accepta d'y revenir. Au moment de la quitter, François-Frédéric la devina préoccupée sous ses airs insouciants. Questionnée, elle ne fit pas mystère pour s'en expliquer franchement :

« Eh, c'est à cause de vous, F.-F.! Et de cet assassin dont, après tout, on ne sait pas où il va s'arrêter.

– Flatté, grinça François-Frédéric, mais rassurez-vous, je suis un trop petit bonhomme pour l'intéresser.

– Qu'en savez-vous? Un fou a ses critères, qui échappent à notre logique, et tel que je vous connais (là, son regard bleu s'éclaira de tendre ironie) vous êtes tout à fait du genre à foncer tête baissée dans les traquenards... Promettez-moi d'être prudent.

– Et s'il me plaît, à moi, d'être abattu? répliqua-t-il, en amère référence à Molière. A défaut d'être aimé, peut-être, aurais-je au moins la consolation d'être pleuré? »

Mimi éclata de rire.

TROISIÈME PARTIE

L'HÔTE INCONNU

I

VERS la fin de l'après-midi, François-Frédéric avait eu maille à partir avec des délégués d'organisations estudiantines qui prétendaient lui laisser une liasse de tracts à distribuer.

« C'est votre boulot, ce n'est pas le mien, leur avait-il rétorqué. Vous n'avez qu'à vous poster à la porte du bureau – à l'extérieur, dans le couloir – et les donner à votre convenance. »

Ils étaient trois, le lui faisant à l'arrogance syndicale, l'encadrant d'un air menaçant.

« Vous aussi, d'une certaine façon, vous êtes concerné, lui fit observer l'un d'eux, d'un ton rogue.

– Pour l'instant, je suis surtout cerné par les cons, avait-il répondu, et je n'aime pas ça. Alors, si c'est l'incident que vous cherchez, vous allez l'avoir... Je ne suis pas de ceux qui les évitent à tout prix. »

Ils s'étaient finalement retirés, grondant comme des chiens à qui l'on a enlevé un os.

« C'est bizarre, lui dit Mme Mainières. Quand vous êtes avec Compan, ou des gars de ce genre-là, vous vous faites traiter de réactionnaire, mais ce pauvre M. Duzais racontait partout que vous étiez un anarchiste, un dangereux gauchiste! Vous êtes bien quelque chose, enfin?

– J'essaie seulement d'être quelqu'un, dit François-Frédéric. Quelqu'un sans majuscule, mais quelqu'un.

Cela dit, ma chère madame, je ne suis pas un fervent des grandes théories. Je préfère écouter ceux qui exposent avec esprit des idées qui ne sont pas les miennes que ceux qui disent de façon ennuyeuse les choses que je pense.

– Oh! vous, alors », conclut très classiquement Mme Mainières.

A cinq heures et demie, au moment où il prenait son imperméable, la sonnerie extérieure du téléphone retentit. Il décrocha.

« Lachouan? »

C'était Pupenier, dont la voix, d'une sécheresse fragile, presque tragique, le frappa.

« Oui, qu'est-ce qu'il y a?

– Je peux venir vous voir chez vous, ce soir?

– Pourquoi ce soir? répéta François-Frédéric, chez qui l'inquiétude débouchait sur l'irritation. Ça ne peut pas attendre? Et d'ailleurs, à quelle heure? »

A l'autre bout du fil, l'interlocuteur marqua une brève hésitation, que François-Frédéric hésita à mettre au compte de la politesse.

« Je ne serai sans doute pas libre avant sept heures et demie.

– Et moi, je dois l'être à huit.

– Ça suffira, dit Pupenier, très bas. Je me présenterai chez vous aux environs de sept heures et demie.

– Mais enfin pourquoi, Jour de Dieu! explosa François-Frédéric. Ça semble grave, alors pourquoi pas tout de suite, et puis pourquoi chez moi?

– Je ne veux pas en parler au téléphone, il faut se voir. D'autre part, je préfère que ce soit chez vous. C'est... c'est une chose assez personnelle, vous comprendrez... A tout à l'heure. »

Pupenier raccrocha brutalement. François-Frédéric demeura un instant immobile, l'appareil encore à la main, où se faisait entendre le timbre « occupé ». Il raccrocha à son tour, sortit du bureau, le cœur inexplicablement serré. Dans la rue, les parapluies s'étaient ouverts et une pluie douce mouillait la chaussée. Il tomba en arrêt devant un kiosque à journaux. *France-Soir* y proclamait, en grosse manchette :

MEURTRES DE LA SORBONNE
UN SUSPECT INTERROGÉ AU QUAI DES ORFÈVRES.

François-Frédéric donna sa monnaie d'une main fébrile, prit un journal sur la pile. Il en fut pour sa curiosité. On annonçait bien, en quelques lignes, qu'un suspect était interrogé par la Police judiciaire, mais son identité n'était pas révélée.

II

François-Frédéric alla ouvrir au premier coup de sonnette. Sa bonne éducation l'empêcha de questionner Pupenier, le temps que celui-ci se débarrassât de son pardessus et de son chapeau, mais ce fut l'autre qui parla le premier, le visage figé :

« Vous avez du whisky, je crois?

– Il doit m'en rester.

– Servez-m'en. Et prenez-en un aussi... bien tassé. Vous allez en avoir besoin. »

François-Frédéric ressentit une sorte de sourd traumatisme au niveau de l'estomac. Toutefois, il ne dit rien, versant deux généreuses rations d'alcool dans des verres ballons. Pupenier s'était assis. Il fit de même.

« Je vous écoute. »

Pupenier déclara brutalement :

« C'est votre ami, Compan, qui est chez nous. »

François-Frédéric enregistra très vaguement le maigre étonnement qu'il ressentait. L'idée devait être en lui depuis l'après-midi, sans qu'il eût osé se la formuler. Il s'efforça de maîtriser sa voix.

« Stupide, dit-il enfin, d'un ton qui, tout de même, chevrotait un peu. Vous êtes en train de faire une connerie, Pupenier. Le jour où l'on a tué cette directrice de bibliothèque, Compan ne nous avait pas lâchés d'une semelle. »

Pupenier secoua la tête, comme désarmé par tant de candeur judiciaire.

« Il ne s'agit pas de ça, Lachouan, il s'agit de Duzais, et seulement de Duzais... »

Mais François-Frédéric s'en doutait déjà.

« Vous avez des preuves?

– Il a passé des aveux.

– Ben voyons, ricana François-Frédéric, le regard trouble. Tout est dit, n'est-ce pas? Il a avoué! Dites-moi, combien de temps l'avez-vous cuisiné, Pupenier? Depuis quand? Il avait la lumière dans les yeux, j'imagine, et on ne l'autorisait pas à fumer! Ou bien, foin des subtilités, l'avez-vous tout simplement, tout bonnement cogné, comme dans les films spécialisés? »

Pupenier, très sombre, se leva. Il finit d'un trait son verre de whisky, fit, d'un ton rauque, avant de le reposer sur la table, si maladroitement qu'il faillit basculer :

« Ça va, maintenant, Lachouan, laissez tomber votre numéro. Personne n'est allé le chercher, Compan. Il est venu tout seul. Il m'a demandé personnellement. Il a parlé...

– Mais enfin, c'est idiot! éclata François-Frédéric, en plein désarroi. Il n'a rien d'un assassin, Compan! Il est incapable de méchanceté calculée, il a le cœur sur la main, la tête près du bonnet, d'accord, mais...

– Justement, coupa Pupenier, il peut se montrer violent, non, à l'occasion? »

François-Frédéric allait répondre, sur l'erre de sa colère. Il se ravisa, esquissa un geste très vague pour signifier qu'il ne désirait pas porter le jugement sur ce point : la scène de l'enfant et du jouet lui était revenue en mémoire.

« Oh! n'ayez pas peur, raillait péniblement Pupenier, vous n'en êtes pas au stade où chacune de vos paroles peut se retourner contre lui. Nous sommes à votre domicile, je ne suis pas en service, nous avons une conversation personnelle dont rien ne transpirera, je peux vous l'assurer.

– Pourquoi? demanda François-Frédéric, d'une voix brûlante.

– Quoi pourquoi?

– Pourquoi êtes-vous venu me voir? Pourquoi me parler de tout ça, à moi? »

Pour la première fois depuis le début de l'entretien, Pupenier parut décontenancé.

« Eh bien, je... Je ne sais pas, c'est tellement normal! Vous êtes son copain, non? J'ai pensé que vous... que vous voudriez savoir, que je vous devrais un peu ça... »

Il acheva, pitoyablement :

« Et puis, vous auriez peut-être une idée pour l'aider... »

François-Frédéric resservit du whisky.

« En somme, dit-il, l'affaire Duzais ne constituerait qu'une parenthèse extérieure à cette série de crimes?

– Oui.

– Qu'est-ce qu'il a avoué, Compan? »

Pupenier se rassit, les mains sur ses genoux. Il parla longtemps, les yeux baissés, sur un rythme un peu monocorde.

« C'était très bizarre, Lachouan. Je regrette que vous n'ayez pas assisté à notre dialogue... J'allais dire interrogatoire, mais ce n'en était pas un, enfin pas conforme aux clichés habituels. Moi, je l'appelais Compan et je le vouvoyais. C'était lui qui me disait « tu » et me donnait du flicard... un peu comme ces sketches de café-théâtre où le comique naît d'une situation inversée, à la logique absurde. Lui, il parlait, il parlait... Moi, j'essayais de le freiner, parce qu'il disait des conneries, vous savez? Il ne se rendait pas compte de sa situation, il ne voulait pas comprendre que l'antiphrase et le second degré n'existent pas en matière judiciaire, mais il essayait par tous les moyens de masquer sa déroute morale. Chez nous, il ne faut pas rigoler avec les mots, tout est pris au sens littéral, une fois que c'est inscrit au P.V. fini! On n'y revient pas... »

Curieusement essoufflé, Pupenier regarda François-Frédéric, qui, de son côté, fixait sur lui un œil vide.

« Ce n'était pas un assassinat, Lachouan, seulement un accident, un accident malheureux, presque en légitime défense... Compan avait participé à la manif, et il était l'un des derniers à avoir quitté la Sorbonne. Il est tombé, par hasard, sur Duzais, dans le couloir. Ils étaient seuls à ce moment-là. L'autre, en le reconnaissant, a hurlé de rage, il l'a traité de petit voyou, lui a donné une paire de gifles... il paraît qu'il l'avait déjà giflé, quand il était petit. C'était alors que Compan a vu rouge : un coup de poing, un seul, à toute volée. La fenêtre était derrière... »

Le silence tomba entre eux.

« Voyez-vous, Lachouan, reprit Pupenier, les honnêtes gens sont toujours défavorisés par rapport aux crapules, parce qu'eux, ils ont des remords, ils se dénoncent. Compan m'a dit à peu près qu'il n'avait plus vraiment dormi depuis... depuis l'accident.

– Qu'est-ce qu'il risque? » demanda abruptement François-Frédéric.

Pupenier fit, d'une voix hésitante :

« On peut lui trouver des circonstances atténuantes.

– Il en a! jeta François-Frédéric avec violence. Jour de Dieu, si quelqu'un en a, c'est bien lui! Il m'a parlé de son enfance, Pupenier. Une prison, une... caserne! Enfin, ils la lui ont volée, des années de sa vie, les plus belles, les ordures! Son père, la brute galonnée type, et ce Duzais, qui jouait près de lui les éminences grises! Comment s'étonner si tout ça lui est brusquement remonté à la gorge? Et qu'il ait perdu les pédales! En plus, à trente ans, se faire gifler par ce pantin qui l'a emmerdé pendant tout le temps qu'il était gosse! Personne de normalement constitué n'aurait pu garder son sang-froid, il a bien fait, merde! Après tout, c'était une revanche bien légitime!

– Un meurtre n'est jamais légitime, Lachouan, murmura Pupenier, sans grande conviction.

– Qu'est-ce qu'il risque? » répéta François-Frédéric, le visage fermé.

Pupenier évitait son regard.

« Tout de même, quelques années de placard... Qu'est-ce que vous voulez, il y a eu mort d'homme.

– Comment sera formulée l'inculpation officielle?

– Je vais travailler à la réduire à son minimum : coups et blessures ayant entraîné la mort sans intention de la donner... »

Pupenier céda soudain à la fureur :

« Mais alors, il faut qu'il m'aide, ce con! Qu'il mette son amour-propre de côté! Ce besoin imbécile de crâner, aussi! Vous comprenez, il ne veut pas avoir l'air d'être soumis à ses nerfs, le Monsieur! Il ne veut pas se présenter comme une victime des événements. A la limite, il préférerait presque qu'on lui suppose du sang-froid dans cette affaire... ce maudit orgueil à ne pas assumer ses faiblesses devant les flics, ces pelés, ces galeux, à ne pas sembler s'humilier devant ces inférieurs sur le plan de l'esprit! Vous savez ce qu'il m'a dit, Lachouan? Duzais lui a crié, en le giflant : « Et maintenant, dehors, exécution! » Et lui, Compan, d'ironiser à mon intention : « Il a dit : exécution, je lui ai obéi! »...

Il eut un geste violent des bras, à mi-chemin de l'effet de manches et de l'invocation dérisoire.

« Vous vous rendez compte de l'effet qu'auraient ces paroles sur un jury? L'humour noir, ça ne suscite pas particulièrement l'indulgence! Heureusement qu'à ce moment-là, nous étions déjà seuls, je l'avais entraîné dans un bureau désert, soi-disant pour mieux l'interroger, mais surtout pour que personne ne soit témoin de ses divagations. Parce que si une bourrique l'entend – il y en a, chez nous, Lachouan, moins qu'on ne le dit, mais il y en a – il n'y coupe pas de la présomption d'assassinat, de la préméditation! Je l'ai... j'ai obtenu de le mettre au secret. Je le revois demain matin, nous allons essayer d'établir une déposition... moins dangereuse, des aveux raisonnables, quoi! »

Il haussa vaguement les épaules.

« Ah! je vous assure, Lachouan, il y a des moments où notre métier n'est pas rigolo! »

François-Frédéric dit doucement, comme pour lui-même :

« Quel con, bon Dieu, quel con...

– Vous parlez de Compan? demanda Pupenier, son long visage anglais plissé de perplexité.

– Non de moi, seulement de moi, avec mes brillantes théories sur les lois de la physique. Dire que j'appelais Newton à la rescousse de mes imaginations!

– Consolez-vous, dit Pupenier, en se levant. Vous n'avez pas été le seul à avoir eu cette idée. Vous avez lu la presse?

– J'ai lu. Mais les journalistes sont payés pour écrire des conneries, pas moi. Dire que j'en étais si fier! »

Pupenier récupérait son pardessus et son chapeau.

« Vous êtes pris, maintenant, vous m'avez dit?

– Oui.

– Pensez à tout ça. Il y aurait peut-être certain climat à invoquer à sa décharge, vous êtes mieux placé que moi...

– Oui », répéta François-Frédéric.

Il se leva, lourdement, pour raccompagner Pupenier. Ils se serrèrent la main. Cette espèce de complicité sentimentale les gênait tous les deux aux entournures de leur pudeur.

« Merci, murmura tout de même François-Frédéric.

– Je ne l'ai pas fait pour vous! rétorqua Pupenier, sur un ton proche de la hargne. J'ai pensé que je devais le faire, voilà tout!

– Alors, merci pour lui. »

Pupenier s'en alla, un peu voûté.

III

Quand Mimi eut ouvert à son coup de sonnette, il vit ses yeux s'arrondir. Elle s'exclama aussitôt :

« Qu'est-ce qui vous arrive, F.-F.? Vous êtes littéralement défait! C'est la perspective d'aller au cinéma avec moi qui vous traumatise?

– Justement, murmura-t-il, planté sur le seuil, les deux mains crispées sur le bord de son chapeau, je crois bien que je ne pourrai pas y aller, Mimi.

– Et alors? répondit-elle, avec bonne humeur, est-ce une raison pour faire cette tête? Vous devez vous rendre ailleurs? Je le comprendrais très bien, vous savez?

– Ailleurs, j'en viens, dit-il d'une voix sourde. Simplement, je n'ai pas le cœur à quoi que ce soit, et même les jambes de Cyd Charisse n'y pourront rien. »

Elle le dévisagea plus attentivement.

« Entrez, dit-elle enfin. Vous avez peut-être besoin de me dire quelque chose. »

Il la suivit dans la salle de séjour meublée avec un goût discret, qu'il connaissait pour y avoir brièvement pénétré, une ou deux fois, alors qu'il venait la chercher pour sortir.

« Je vous sers un alcool?

– Non, merci, j'ai déjà assez bu. »

Il s'assit au bord d'un fauteuil, le visage figé, dit, si bas qu'elle l'entendit à peine.

« Mimi, c'est Compan. »

Elle secoua ses cheveux avec irritation, tandis qu'elle s'installait sur un canapé en face de lui, tirant machinalement sa jupe sur ses genoux en un geste inné de pudeur.

« Quoi, Compan? Votre copain, le savant-fou? Expliquez-vous enfin, F.-F., je ne comprends pas. Il lui est arrivé quelque chose?

– Il est en prison », dit-il difficilement.

Elle se dressa, d'un seul jet, soudain très pâle et les yeux écarquillés.

« Quoi! Le suspect dont on parle, alors...

– Oui.

– Ils l'ont arrêté? »

Sa dernière syllabe s'étouffa sous l'effort de réflexion. Elle frappa dans ses mains, incrédule, avant de tendre le doigt vers lui.

« Mais enfin, F.-F., ce n'est pas possible! Souvenez-vous : il était avec nous, aux concerts de Midi, quand cette femme a été tuée. Il a un alibi en béton! Il faut leur dire, il faut...

– Non, Mimi, non, dit-il, laissez-moi vous expliquer. Il s'agit uniquement de la mort de Duzais... rien à voir avec les autres. C'est un accident malheureux, rien qu'un accident... »

D'une voix sans timbre, il lui rapporta les informations données par Pupenier. Quand il eut fini, elle avait posé ses deux mains sur les siennes.

« Je l'aime bien, Compan, dit-elle doucement, je suis sûre que ça n'a été qu'un geste malheureux, il ne sera pas difficile de le prouver. Dans ces affaires-là, il y a ce qu'on appelle des témoins de moralité, ils pourront expliquer, ils pourront... »

Elle dit encore, tandis qu'il gardait un silence obstiné :

« Au fond, c'est sa faute à lui, à ce Duzais. De ce que vous m'avez raconté, c'était une brute, non?... Comme il avait dû brimer ses soldats, il rudoyait ses employés... c'est bien à son propos que vous m'avez parlé de ce vieux type, là... Lucey? Eh bien, il a eu une arrogance de trop, voilà tout! Dans sa profonde bêtise, il n'a pas réalisé que Compan avait maintenant des moyens d'adulte, qu'il pouvait se défendre un peu mieux que lorsqu'il était gosse...

– Je vais vous laisser dormir, dit vaguement François-Frédéric. Je vous ennuie, là, avec mes histoires...

– Non, restez encore un peu, F.-F., murmura-t-elle, vous avez besoin de moi, je veux vous consoler. Autrement qui? »

Il eut un rire éteint.

« Merci pour votre générosité, Mimi, mais surveillez votre vocabulaire, il est dangereux... ou alors vous pensez que je n'ai guère l'esprit à la bagatelle, et que vous ne risquez pas de vous retrouver dans une position gênante... c'est vrai, on prétend que les femmes sentent ces choses-là! »

Elle répondit, souriant avec un peu de tristesse :

« Ne soyez pas bêtement cynique, F.-F., même pour masquer votre désarroi. Cette formule n'est ambiguë que pour ceux qui la veulent ainsi. Comme je vous connais maintenant, je suis sûre que vous ne l'interprétez pas de façon abusive. Aussi, je répète : je voudrais vous consoler.

– Le fameux instinct maternel, en somme, murmura-t-il. Méfiez-vous, Mimi, ça aussi, c'est un truc de séducteur. »

Elle répliqua placidement :

« Vous n'utiliseriez pas ce truc, F.-F. Voilà pourquoi, devant vous, je n'ai pas envie de me défendre.

C'est seulement de moi que je me méfie. Que puis-je faire? »

Il ne savait pas. Alors, elle lui parla d'elle-même. Et elle lui demanda de lui parler de lui. Au fil des minutes qui s'écoulaient, se tissa entre eux cette communion secrète des souvenirs, si précieuse, si rare, dont les sources sont ces périodes heureuses de la vie qui se sont enfuies, et qu'on n'a oubliées que pour mieux les ressusciter devant ceux qu'on aime. Elle évoqua son enfance, ses jeux de petite fille. Elle lui montra des photos. Il y vit une gamine aux dents emprisonnées dans un appareil comme dans les films américains, aux sages tresses blondes retombant sur le corsage de chaque côté d'un cou gracile. Il contempla le pavillon fleuri où elle avait longtemps habité avec ses parents, à L'Hay-les-Roses. Et, dans un coin jauni de photo, il crut reconnaître un M. Roger de dix ans, joufflu et maussade.

Le cliché représentait une réunion d'enfants à l'occasion d'une fête de Noël. Au premier plan, se trouvait un amoncellement de jouets, dont le principal ornement semblait être un chevalet tournant pour le tir aux pigeons de carton. Les gosses fixaient l'objectif sans sourire, la plupart yeux et bouche ouverts.

« C'est Roger, là? demanda François-Frédéric, celui qui a l'air de faire la gueule...

– Ça lui arrivait souvent. Il est maintenant d'une humeur beaucoup plus égale, l'âge lui a été bénéfique. Ces jouets étaient ceux de mon jeune frère Sylvère, maintenant installé au Canada. Mes parents avaient donné un goûter pour fêter ses dix ans, qui tombaient justement à Noël.

– Montrez-moi encore des photos de vous », demanda-t-il, avec une sorte de timide avidité.

Elle alla rechercher d'autres vestiges du passé, qu'on avait renoncé à coller sur des albums. Il fut spécialement attiré par un cliché qui la représentait en robe du

XIXe siècle, avec les cheveux relevés sur le sommet de la tête et, déjà, des grâces affirmées d'adolescente.

« Vous avez un visage romantique, là, lui dit-il.

– Je ne l'ai plus? » demanda-t-elle, affichant un soupçon de coquetterie mal assurée.

Il ne répondit pas. Elle rangeait les photos, repliant la feuille de papier où elles avaient été enveloppées. C'est alors que, brusquement, François-Frédéric saisit son poignet.

« Une seconde, Mimi, vous permettez? »

Quelque chose, dans le ton, l'alerta. Il avait le regard fixé sur la feuille de papier.

« Qu'est-ce que c'est que ça? questionna-t-il d'une voix courte, brûlante.

– Mais je ne sais pas, F.-F., répondit-elle, très surprise, un vieux truc ronéotypé, sans doute de l'époque. Pourquoi? »

Avec précautions, il déposa de côté la pile de photos, déplia la feuille.

« Quelque chose m'a frappé au passage... regardez. »

Il lui montra le papier, qui se présentait comme une liste de noms dressée par ordre alphabétique, avec, en regard, les professions des intéressés.

« Là, en queue de liste.

– *Amédée Veauce, professeur de musicologie* », lut-elle.

Elle leva vers lui des yeux effarés.

« Veauce, c'est celui qui a été tué le mois dernier... par un assassin déguisé en Guillaume Tell, non?

– Exactement. »

Il parcourut rapidement la liste, et poussa une exclamation sourde à reconnaître un autre nom, tout en haut de la feuille.

« Louis Mériaume! Louis Mériaume, Mimi! La victime du shérif! Nous tenons un point commun, peut-être une piste... »

Il répéta, les sourcils froncés :

« Mais qu'est-ce que c'est que ça, enfin? »

Il palpait la feuille, l'examinait par transparence, la reposait à plat sur la table, perplexe.

« Ça ressemble à un tract, et c'est, en tout cas, la fin d'une liste, les noms sont par ordre alphabétique... malheureusement, il en manque la première moitié.

– Voulez-vous que je cherche? demanda spontanément Mimi en se levant de son canapé.

– Oui, s'il vous plaît. »

Elle déballait fébrilement les paquets de photos, murmurant, au fur et à mesure de ses investigations : « ... ce n'est pas ça, ce n'est pas ça... » mais il lui prenait les feuilles des mains, les examinait à son tour, attentivement. Il y avait des prospectus publicitaires, des réclames de grands magasins, des professions de foi... tout ce qu'on retire chaque jour de sa boîte aux lettres ou qu'on vous distribue au coin des rues pour gagner votre sympathie, votre argent ou votre collaboration. Mais ils ne trouvaient pas ce qu'ils cherchaient, François-Frédéric, cheveu décoiffé, œil hagard, compulsant les liasses d'un index frénétique...

« Vous comprenez, Mimi, si l'on découvrait le début, on pourrait au moins vérifier que le nom de Mlle Brignac, cette directrice de bibliothèque, y figure aussi... »

A une heure du matin, Mimi pilla son dernier placard, d'où elle revint avec un coffret plein de vieilles choses. Le temps passa en quête attentive et infructueuse. Mimi déclara finalement, avec un geste très las :

« Non, F.-F., inutile, vous pensez bien, on utilisait ça comme emballage provisoire, et comme tout ce qui est provisoire, c'est resté en l'état, mais la première partie, on a dû la jeter.

– Si au moins on savait comment ce... ce document a échoué chez vous! »

Elle eut un sourire de patiente indulgence.

« Enfin, F.-F., réfléchissez. Je n'étais qu'une gosse.

Il y a près de vingt-cinq ans! Comment voulez-vous que je m'en souvienne, en admettant que je l'aie su? Très vraisemblablement, ce sont mes parents qui ont reçu ces papiers... en même temps, sans doute, que la majorité des habitants de la région, sinon de l'Hexagone! Ne nous montons pas la tête.

– Vos parents... vous les avez toujours? demanda-t-il timidement.

– Mon père est mort, répondit-elle. Ma mère s'est retirée à Limoges, où elle a sa famille... »

Elle tourna la tête, pour regarder sa pendule d'époque.

« Il est deux heures du matin, F.-F., je ne vais pas l'appeler maintenant, mais demain, à midi, si vous voulez, je lui poserai la question, à tout hasard. Bien sûr, rien ne dit qu'elle se souviendra d'une si petite chose.

– Oui, merci.

– C'est que c'est si vieux... »

Elle allongea la main pour reprendre la liste.

« En tout cas, il n'y a pas ce Tessel... parce qu'il y serait, lui, il est en queue d'alphabet.

– Je n'y crois pas à Tessel, déclara sans nuances François-Frédéric. Je vous ai déjà exposé mon point de vue là-dessus. Tessel, comme Duzais, représente une péripétie extérieure à la ligne générale des crimes... et d'ailleurs, il ne saurait être porté sur cette liste : la question d'âge joue aussi.

– C'est vrai, admit-elle pensivement. Tous ces gens doivent maintenant avoir dépassé la soixantaine... s'ils ne sont pas déjà morts. »

Elle se pencha par-dessus son épaule.

« Avez-vous remarqué? Ce sont, sans exception, des individus d'une certaine position sociale, des professeurs, des avocats, des savants, des médecins, et même quelques écrivains, journalistes, et acteurs de cinéma... pas de maçons, pas d'o.s., pas d'employés de banque, pas de charcutiers-volaillers.

– Bref, conclut-il, rien que des gens arrivés, à qui leur situation est censée conférer une certaine autorité morale. Ah! Jour de Dieu, si l'on retrouvait le début de cette liste!... il devait y avoir un en-tête, une indication quant à sa raison d'être. La voilà, sans doute, la clef de tous ces meurtres! »

Il frappa de son poing droit contre sa paume gauche. Il avait à peu près oublié Compan, ce dont il prit soudain conscience avec un remords aigu, immédiat.

« Je ne pensais plus à Compan, confia-t-il à Mimi presque malgré lui, d'un ton effaré.

– Tant mieux, dit-elle. De toute façon, je suis sûre que vous ferez tout votre possible pour lui venir en aide. Il ne sert à rien de vous rendre malade en attendant. »

Ils bavardèrent encore longtemps, ayant tacitement décidé de ne plus revenir sur le sujet. Il y avait, dans leurs propos, une tendresse feutrée, et certaine prudence attentive à ne rien prononcer qui pût gâcher ces instants délicats. Jamais, comme cette nuit-là, ils n'eurent le sentiment d'une si proche intimité.

Trop fin pour tenter de bousculer le destin, François-Frédéric partit sagement aux premières lueurs de l'aube. Au fond de lui-même, il y avait beaucoup de nostalgie, mais aussi une manière d'attente sourde, comme une impatiente prémonition aux événements qui se préparaient.

IV

Rentré chez lui, François-Frédéric se coucha après avoir pris un somnifère. Il se réveilla très tard, un coup d'œil à sa montre le dressant tout droit sur son lit. Mais il réalisa aussitôt que Duzais n'était plus là pour lui faire des observations. Lui revint alors le souvenir de Compan, comme une lame de fond qui balaie sur son passage tous les autres sujets de préoccupation. Et ce fut seulement ensuite qu'il pensa à Mimi, à cette liste qu'il avait découverte chez elle. Pourquoi chez Mimi? Le tract avait dû être distribué dans toutes les boîtes aux lettres de France et de Navarre, et il était finalement bien étrange que le hasard – il avait failli penser : la providence – en eût conservé un justement à son intention, à travers toutes les embûches que l'usure du temps et les aléas du quotidien réservent à ce type de documents.

Il s'habilla, lentement, avec une sorte de paresse psychologique qui freinait ses gestes et engourdissait sa pensée. La vie tout entière se présentait à lui comme une interminable corvée. Il arriva au bureau à dix heures et demie. Personne ne s'était aperçu de son absence, sauf, bien entendu, Mme Mainières qui, face à un afflux d'étudiants grecs, avait eu le plus grand mal possible à faire admettre la nécessité de certains règlements aux lointains enfants de ceux qui avaient inventé la démocratie.

« Vous tombez bien, lui dit-elle. Je ne m'en sortais plus, moi! Sans compter que nous sommes tous convoqués, à tour de rôle – sauf moi, naturellement – par votre copain, le flic distingué, celui qui a l'âge de Bonnot.

– Non, dit farouchement François-Frédéric. Bonnot avait trente-six ans, madame!

– Ah! bon, alors l'autre, celui d'avant...

– Le Christ?

– C'est ça, j'avais un trou.

– Encore dix-sept et on pourra faire un golf », déclara François-Frédéric d'un ton aigre.

Elle le considéra attentivement.

« Eh bien, dites donc, vous n'êtes pas à prendre avec des pincettes, aujourd'hui! Vous devenez misogyne ou quoi?

– Misanthrope, rectifia François-Frédéric, seulement misanthrope, quoique entre la misanthropie et la misogynie, il n'y ait, si j'ose dire, que le pas d'un sexe. Cela dit, chère madame, je vous présente toutes mes excuses. C'est vrai que je ne suis pas tout à fait dans mon assiette.

– C'est à cause de votre ami, n'est-ce pas? demanda timidement Mme Mainières.

– Oui.

– Ils ont dit son nom, ce matin, à la radio, mais je n'arrive pas à le croire. Il avait l'air si gentil, sous ses airs fous fous. Comment de pareilles choses peuvent-elles arriver!

– ... de nos jours », enchaîna François-Frédéric, sarcastique.

Cette fois, elle comprit que le silence s'imposait. Dehors, les couloirs résonnaient d'un va-et-vient incessant. Lucey avait été convoqué par Pupenier. Et aussi Chacha Bellignat. Et enfin Faurigne. Celui-ci revint, très perplexe, voir François-Frédéric.

« Il m'a posé de drôles de questions, ton copain... notamment si j'ai été témoin de certaines scènes où Duzais aurait perdu son sang-froid. C'est son procès ou celui de Compan qu'on instruit?

– Il t'a demandé ça? dit François-Frédéric, pensif.

– Oui. Mais je n'ai pu dire que ce que j'avais vu. Le bougre n'était pas drôle, mais en ma présence, il n'a jamais levé la main sur qui que ce soit.

– C'est ce que Pupenier voulait te faire dire?

– Pas exactement. Il voulait surtout savoir si le fait s'était déjà produit. En tout cas, il a eu le témoignage de Lucey et de Chacha... et là, c'était plutôt concluant. »

A midi, François-Frédéric déjeuna d'un sandwich et d'un demi dans un café. Il ne se sentait pas prêt à subir les conversations de cantine, dont il se doutait qu'elles rouleraient sur un sujet trop à la mode. Beaucoup plus tard, quand il quitta son bureau, en fin d'après-midi, il fit un détour pour passer devant le petit cabinet qu'on commençait à appeler dans la Sorbonne l'antenne du Quai des Orfèvres. C'était allumé, et – oreille tendue – silencieux. Alors, il frappa.

« Entrez! » cria Pupenier.

François-Frédéric entra. Il avait décidé de garder pour lui, jusqu'à nouvel ordre, ses découvertes de la nuit précédente. Pupenier leva des yeux ostensiblement neutres, mais lui désigna une chaise, en face de son bureau. François-Frédéric s'assit.

« Oui?

– Vous cherchez quoi, Pupenier? »

Il leva la main pour prévenir la réponse.

« Attendez, je sais à peu près... mais en ce cas, pourquoi pas moi?

– J'instruis une affaire, répondit Pupenier, un peu sèchement. Je recueille des témoignages officiels pour en saisir tous les aspects. Plus ils seront objectifs, mieux ça vaudra.

– Et moi, je ne suis pas objectif?

– Non. Vous êtes un ami de Compan... Vous savez, Lachouan, il y a des circonstances où un témoignage trop favorable peut se retourner contre l'accusé. Il perd de sa crédibilité.

– Je suis un ami de Compan, acquiesça François-Frédéric. Cela m'ôte-t-il le droit de témoigner?

– Le jury sera sur ses gardes. Comprenez-moi : la meilleure chose qui puisse arriver à Compan, c'est qu'on trouve une explication à son geste... j'ai dit une explication, pas une excuse. Il a donné un coup de poing parce qu'il a reçu une paire de gifles...

– Eh oui!

– Vous y étiez, vous? questionna brutalement Pupenier.

– Quoi? fit François-Frédéric, interloqué.

– Oui, vous l'avez vue, cette paire de gifles? Vous avez assisté à la scène?

– Non... murmura François-Frédéric.

– Personne n'était présent, le ministère public aurait

beau jeu! Qui peut dire qu'il ne s'agit pas d'une affabulation? Et je ne crois pas que votre présence à la barre serait tellement bénéfique sur ce point, Lachouan. Les jurés se méfient de l'amour, ils se méfient aussi de l'amitié. Il suffit, pour retourner leur conviction, qu'un avocat général habile leur décortique à sa façon l'état d'âme du témoin.

– Je comprends.

– Alors, moi, ce que j'essaie de faire, c'est de rendre plausible cette paire de gifles. Je rassemble les témoignages pour prouver que Duzais, de façon générale, était porté à la brutalité, et que ce jour-là, particulièrement, il était hors de ses nerfs.

– Justement, je peux en parler, nous avons même envisagé un duel! Cette paire de gifles, moi, j'ai été à deux doigts de la recevoir!

– Possible. D'ailleurs, je ne dis pas que je ne vous appellerai pas dans un deuxième temps! Ainsi, vous vous étiez disputés, hein? Très bon, ça! Et il était déjà dans un état de fureur, à cause de vous, à cause de Mme Bellignat, à cause des manifestations, patience, patience... Il y a aussi l'autre face du problème... »

Pupenier s'était levé. Il tirait bouffée sur bouffée d'une cigarette épuisée. François-Frédéric ne l'avait jamais vu fumer, et il s'en étonna intérieurement. L'autre tendait le doigt vers lui :

« Vous vous souvenez de cet article, Lachouan? Il s'appliquait tout à fait au cas de Compan!

– Mais il n'est pas fou, Compan, dit faiblement François-Frédéric.

– Il l'a été une minute, ça a suffi! Des frustrations de gosse refoulées mélangées à des moyens d'adulte, c'est comme si l'on combinait le nitre et la glycérine. C'est avec cet explosif-là que les enfants règlent leurs comptes!

– Dites-moi, Pupenier, êtes-vous avocat ou bien policier? » demanda doucement François-Frédéric.

Pupenier eut un mouvement large des épaules,

comme découragé de lui-même et de ses propres réactions. Il répondit, à voix basse :

« Il y a tant de policiers qui se prennent pour l'avocat général que, de temps en temps, il faut bien qu'il y en ait qui se prennent pour l'avocat de la défense. »

Le silence retomba entre eux. François-Frédéric questionna, avec une sorte de timidité :

« Qu'est-ce qui vous a amené à la police, Pupenier? Pas vraiment Dorothy Sayers?

– C'est dans ces eaux-là, avoua Pupenier, gêné. Tout jeune, j'ai été très impressionné par un feuilleton qui passait à la télé : *Les Incorruptibles.* Vous connaissez?

– J'en ai entendu parler. »

Pupenier esquissa un demi-sourire à mi-chemin de la grimace.

« Ne croyez pas que j'ai décidé de jouer les Eliott Ness à dix ans et que je n'ai plus vécu qu'avec cette obsession... mais enfin, ça trottinait dans ma tête. Peut-être qu'à la longue, ça a pesé. Vous regardez les feuilletons à la télé, Lachouan?

– Pas souvent.

– Quand j'étais gosse, il y en avait d'excellents, *Kit Carson, Thierry-la-Fronde, Guillaume Tell, La Flèche brisée, Zorro...* Je n'en ratais aucun, et je n'étais pas le seul, je vous assure! D'ailleurs, même les commerçants, pas bêtes, avaient pris le vent... ils vendaient les panoplies assorties! »

François-Frédéric se leva.

« Bon, je vous laisse. Bien entendu, je reste à votre disposition. »

Sur le seuil, il se retourna, dit, très légèrement :

« Finalement, vous êtes plutôt un type bien, Pupenier. »

Pupenier se dandina.

V

Les journaux du soir ne manquaient pas d'évoquer l'affaire dans leur dernière édition. Le nom d'Alexandre Compan était livré à la curiosité du public, et les raisons de son acte très diversement interprétées, quoique sous des manchettes à peu près uniformes :

AFFAIRE DUZAIS : CE N'ÉTAIT PAS LE TUEUR!

AFFAIRE DUZAIS : UNE BAVURE À GAUCHE!

AFFAIRE DUZAIS : UNE MALHEUREUSE PÉRIPÉTIE?

Les déclarations de la police à la presse avaient été orientées dans le sens de la modération. François-Frédéric crut retrouver les préoccupations de Pupenier à la façon dont on évoquait – très succinctement – une ancienne inimitié personnelle, laquelle aurait trouvé exutoire et point d'orgue dans le climat de tension engendré par la manifestation.

VI

Rentré chez lui, François-Frédéric mit en marche son répondeur. La voix de Mimi le remplit d'aise.

« Bonsoir, F.-F. Je n'espérais pas vous trouver chez vous et je craignais de vous gêner en téléphonant à votre bureau. Je vais donc faire confiance à votre machine. Vous m'aviez plus ou moins chargée d'une mission? Mission accomplie, mon cher! J'ai téléphoné à ma maman de Limoges, ce midi... »

François-Frédéric interrompit le message. C'était un homme d'ordre. Il se prépara un crayon et une feuille de papier avant de remettre l'appareil en marche.

« ... Elle s'est d'abord fichue de moi. Tout cela remonte à Hérode! Mais j'ai insisté. Finalement, je lui ai lu tous les noms de la liste, dont quelques-uns, notamment les écrivains, ont attisé sa mémoire. (Elle a toujours été un peu bas-bleu.) Du coup, elle a cru se souvenir que c'était une sorte de comité formé, il y a une bonne vingtaine d'années, par des personnalités pacifistes. Il s'agissait de demander aux gouvernements européens d'adopter une loi interdisant à la vente les jouets de guerre, militaires, ou apparentés. Ce n'est pas ce qu'on appelle un collectif, maintenant? Comment le tract est arrivé chez nous? Alors ça, en revanche, elle se le rappelle parfaitement : mon jeune frère, Sylvère, l'avait rapporté de son école. C'était le fait d'un de ses instituteurs, en fin de primaire, un type formidable, paraît-il, très libéral, très généreux, qui allait trouver les parents de ses élèves pour les convertir à la paix et à la fraternité universelle... une sorte de missionnaire laïque, quoi! Ma mère a deux raisons précises de se souvenir de ce vieux bonhomme : d'abord parce qu'il était Limousin comme elle, ensuite parce qu'un jour, il est venu à la maison faire à mes parents d'amicaux reproches à propos d'un tir aux pigeons acheté à Sylvère pour Noël – c'est lui, Sylvère, qui vit maintenant au Canada – ... ce même tir aux pigeons que nous avons justement vu hier sur la photo! Il pensait qu'il fallait proscrire irrémédiablement tout ce qui pouvait favoriser l'agressivité naturelle chez les enfants. Les pigeons du tourniquet étaient pourtant en contreplaqué!

« A ce propos, d'ailleurs, ma mère m'a appris une chose terrible, dont je me demande si, par hasard, elle ne serait pas reliée à notre affaire. Cet instituteur a été assassiné, il y a un ou deux ans, dans des circonstances très mystérieuses. Ça a fait beaucoup de bruit dans la région de Limoges, même si l'Hexagone tout entier n'en a pas été secoué. L'assassinat a eu lieu au fusil! On a parlé d'un soldat, d'un déserteur de la Légion étrangère, voire d'un complot d'extrême droite! Mais ma mère ne retient pas cette dernière thèse. D'après elle, ce pauvre Lamory – il s'appelait Lamory – ne s'occupait plus que de jardinage depuis qu'il était à la retraite... »

François-Frédéric soupira imperceptiblement, et tout comme si elle l'avait entendu, Mimi poursuivit, sur le ton de la taquinerie :

« ... Ne vous impatientez donc pas, F.-F. J'en arrive enfin à ce qui nous intéresse plus particulièrement : le début de cette liste énigmatique. Bien entendu, ma mère n'a rien conservé de cette époque, mais elle m'a donné un excellent conseil : aller voir Roger, notre bon Roger, ce, pour plusieurs raisons. D'abord, il est d'un tempérament très conservateur et ne jette jamais rien. Ensuite, il a été lui-même l'élève de ce Lamory, qui était d'ailleurs un grand ami de ses parents. Enfin, son propre père – une sommité intellectuelle de l'époque, vous savez? – devait peut-être figurer sur la liste, car lui aussi militait activement dans l'intellectualisme pacifiste. Mais ça, justement, on ne pourra pas le savoir tant qu'on n'aura pas retrouvé la première partie de cette liste : Roger, vous ne devez pas l'ignorer, s'appelle en effet Dèveron, donc plutôt en haut de l'alphabet. Par conséquent, nous aurions au moins trois noms à y rechercher : Mlle Brignac, conservateur de bibliothèque, M. Dèveron, professeur, et peut-être M. Lamory, instituteur, encore qu'un maître d'école ne soit généralement pas considéré comme une personnalité marquante, susceptible d'influencer les consciences, fût-ce par ses frères en haute pensée, charité laïque et fraternité chrétienne...

« Je vais donc aller voir Roger, en fin d'après-midi, après le travail. Je suis sûre de le trouver chez lui : il est en arrêt de maladie et bien trop respectueux des règlements de la Sécurité sociale pour quitter son domicile en dehors des heures prescrites. Lui, je mets ma tête à couper qu'il va me dégoter ça. Rappelez-moi donc à partir de huit heures chez moi. Je vous donnerai le résultat de mes investigations, mon cher Watson. Et si cette piste-là se perd dans les sables du passé, il m'est venu, à propos de ce tueur-Frégoli, une idée bien singulière, que je qualifierais sans hésiter de géniale. Il suffit de consulter les fameuses pages jaunes de l'annuaire! Toutefois, je me garderai bien de vous en dévoiler davantage, ne serait-ce que pour vous inciter à revenir vers moi ventre à terre! Sur ce, *ciao*, F.-F., et à ce soir! »

La voix se tut. François-Frédéric crut une seconde que le message était terminé, mais la bande continuait à se dérouler. Finalement, Mimi reprit, d'une voix sourde :

« F.-F., j'ai l'air, comme ça, relaxe, détendue, mais cette nuit, je n'ai pas pu dormir. Je voudrais que vous sachiez que je suis avec vous, pour Compan... totalement, jusqu'au bout. Je ne sais pas ce que je pourrais faire, mais si vous avez besoin de moi, pour n'importe quoi, sollicitez-moi, je vous en serai reconnaissante... »

Cette fois, l'appareil s'arrêta. Il n'y avait pas d'autres appels. François-Frédéric regarda sa montre : il n'était que six heures et demie. Inutile d'appeler déjà Mimi. Alors, il fit repasser la bande, pour le plaisir d'entendre sa voix, et aussi afin de mieux se pénétrer de ce qu'elle avait dit.

Lamory... Lamory, cet instituteur tué deux ans auparavant par un mystérieux soldat... Il repensa à l'article que Pupenier lui avait fait lire. On y évoquait ces rivières souterraines qui serpentent longtemps sous terre avant de resurgir au jour. Ainsi en était-il de la piste Lamory, abandonnée pour soudain mieux reparaître. Là où l'affaire se corsait, c'était quand la rivière souterraine possédait deux affluents, qui se rejoignaient peut-être à L'Hay-les-Roses : cette liste, portant des noms de victimes, et le fait que Lamory – lui-même assassiné – avait été de ceux qui la diffusaient...

Finalement, je suis plus avancé que Pupenier, avec tout son formidable appareil officiel, se dit François-Frédéric, en une sorte de sourde exaltation. Je ne sais toujours pas où je vais, mais j'y vais plus vite que lui. C'est son amour-propre professionnel qui va en prendre un coup.

Son humeur était étrange, compliquée par un malaise au niveau du plexus, une inquiétude vague, pesante, qui ne voulait pas dire son nom. Le mot de tueur-Frégoli employé par Mimi, notamment, résonnait en lui comme un écho mystérieux, inexplicable, à son dernier dialogue avec Pupenier. Et pourquoi repensait-il à Compan avec cette acuité douloureuse, cette impression d'une lumière à la fois lointaine et toute proche?

VII

A sept heures, François-Frédéric fit le numéro de Pupenier : l'inspecteur n'était pas rentré. Après avoir laissé sonner une bonne minute, il raccrocha.

« Ah! les flics, se dit-il, toujours prêts à vous chercher des poux dans la tête, mais jamais là quand on a besoin d'eux. »

Il songea, un peu ironiquement, que la banalité était parfois un excellent exutoire à l'angoisse. Voilà qu'il avait pensé angoisse. Il s'en fit le reproche. Pourtant, en lui, quelque chose se débattait, vérité trouble, blême, qui exigeait le jour. Et quand, brusquement, les brumes se déchirèrent, il fit claquer ses doigts, en signe de fausse allégresse. A défaut de Pupenier, il y avait

Mme Mainières, Mme Mainières, grande téléspectatrice devant l'Eternel!

Son numéro était noté sur son calepin. Il le composa aussitôt sans pudeur. Elle était chez elle, heureusement, et gloussant de plaisir à la pensée de bavarder avec un collègue de bureau en dehors des heures de service. Cependant, la question de François-Frédéric la stupéfia.

« C'est sérieux, monsieur Lachouan? Vous voulez vraiment des renseignements sur les feuilletons des années 60? »

Il répondit, sur ce mode léger qu'il employait généralement pour laisser son interlocuteur dans le doute le plus grand quant à ses véritables mobiles :

« Non seulement c'est sérieux, madame Mainières, mais encore je commence à me demander si ce n'est pas une question de vie ou de mort!

– Oh! vous, alors! » conclut Mme Mainières, comme prévu.

Mais elle ne se fit pas faute de lui apporter les précisions souhaitées. Oui, elle connaissait *Les Incorruptibles*. Elle n'en avait pas manqué un épisode, de même que toutes les séries qui passaient alors, et dont ses propres enfants étaient d'ailleurs des fanatiques : *Guillaume Tell, L'Homme invisible, Zorro*, et puis *Kit Carson...*

« Qui était Kit Carson? coupa François-Frédéric.

– Enfin, vous devez bien connaître ce nom! s'écria Mme Mainières, très étonnée. C'est un personnage de légende, au Far West, une espèce de shérif!

– Et quoi encore?

– *Thierry-la-Fronde, La Flèche brisée...*

– Qu'est-ce que c'était, *La Flèche brisée*?

– L'histoire de deux chefs indiens de la tribu apache. Un, qui voulait la paix, Cochise, l'autre, qui ne pensait qu'à déterrer la hache de guerre, Géronimo... ces deux-là, vous savez qui c'était, tout de même? »

Elle paraissait par avance scandalisée à l'idée qu'il

pût souffrir une telle lacune dans sa culture. Il éluda...

« ... et enfin, *Janique aimée*! Ah! monsieur Lachouan, *Janique Aimée*, avec son générique sublime, cette jeune fille à vélo, et la musique derrière... »

Janique aimée, François-Frédéric n'en avait strictement rien à foutre. Il mit fin à la conversation dans les limites les plus étriquées de la courtoisie. Et il resta assis cinq bonnes minutes à ruminer ses pensées. Il songeait à une image bien précise, cette carte, qu'on montre parfois dans les films sur la Résistance : un camion-gonio recherche une radio clandestine, et ses opérateurs doivent déterminer trois directions, lesquelles sont censées se rejoindre au lieu précis de l'émission...

Il y avait Pupenier, il y avait Mimi... et, de très loin, venait Compan, avec son drame d'enfant brimé, parallèle absurde qui, au mépris des lois géométriques, recoupait les deux autres en un point sur lequel François-Frédéric hésitait encore à mettre un nom.

VIII

Mimi avait été très surprise par l'apparence de M. Roger lorsqu'il était venu lui ouvrir. Elle le savait porté à la ville vers une certaine coquetterie vestimentaire qui empruntait surtout au classicisme, mais elle ignorait qu'il avait aussi ses luxes intimes, ceux-là beaucoup plus surprenants. Il avait revêtu une somptueuse robe de chambre en soie naturelle, dont la pourpre était rehaussée par le foulard blanc négligemment noué que maintenaient les revers moirés. Et il avait chaussé des mules mordorées, qu'elle jaugea d'un grand prix et d'un petit goût. On pensait irrésistiblement à ces séducteurs dont le cinéma a multiplié les clichés, et elle se demanda vaguement s'il ne s'était pas parfumé les aisselles et la bouche.

« Toi, Mimi? dit-il faiblement, sans esquisser un geste pour la laisser passer.

– Eh oui, moi! répondit-elle allègrement. J'ai appris que tu étais souffrant, alors je suis venue prendre de tes nouvelles. Je ne te dérange pas? »

Il s'effaça, à regret.

« Non, non... entre. »

Elle obéit. Elle n'était jamais venue dans ce logement confortable de la rue de Tournon, et tandis qu'elle s'asseyait, elle examina rapidement les lieux, en vision marginale pour qu'il ne se sentît pas gêné par cet inventaire. Elle s'était attendue à trouver là le désordre inhérent à tout appartement de célibataire, et avait d'abord mis à ce compte la réticence manifestée par Roger à la recevoir, mais non : tout était propre, rangé avec un soin qui frisait la minutie. C'était peut-être dû à la vieille bonne de la famille qui venait, chaque jour, faire le ménage; peut-être aussi aux humeurs tatillonnes du locataire. Les meubles étaient anciens, sans doute ceux laissés par ses parents, mais la bibliothèque, elle, contenait des ouvrages qui n'avaient sûrement pas la même origine, notamment une impressionnante collection d'albums de bandes dessinées. En contrepoint, sur la tablette d'un porte-revues, trônait *Le Monde* du jour, dont Mimi savait, par François-Frédéric, que Roger l'achetait régulièrement, dévotement et ostensiblement.

« Qui t'a appris que j'étais souffrant? demanda-t-il, debout en face d'elle.

– M. Lachouan.

– Ah! oui, c'est vrai... »

S'il y avait un sous-entendu, il était tout à fait involontaire, Mimi connaissait assez Roger pour le créditer d'une totale absence de perfidie dans ce domaine. Lui, croyait à présent devoir lui expliquer, d'un air gêné :

« Je l'ai vu tomber, monsieur Duzais. C'était horrible! J'en ai été tout retourné et j'ai vomi pendant la nuit d'après. Ces choses-là me bouleversent, tu sais, je suis sensible... Et voilà que maintenant, j'apprends que je connais le meurtrier! »

Dans son égocentrisme infantile, il paraissait vraiment offusqué, indigné, comme si le Destin, par ces coups bas successifs, l'avait personnellement pris pour cible.

« Tu as entendu la nouvelle à la radio?

– Et aussi à la télé, au journal de midi. Compan, c'est ce jeune homme d'allure un peu débraillée qui bégayait légèrement... D'ailleurs, tu le connais aussi, non?

– Oui.

– C'est un bon camarade de M. Lachouan, enchaîna-t-il, il doit être dans tous ses états, le pauvre! Comment Compan a-t-il pu faire cela? »

Il y avait, dans la question, une sorte d'incrédulité polie, sans grande sincérité.

« M. Lachouan me l'a expliqué, répondit Mimi. Lui et M. Duzais se connaissaient déjà et étaient en mauvais termes. Duzais, un ami de ses parents, n'avait pas été très chic avec lui pendant son enfance. Là, ils se sont disputés. M. Duzais l'a giflé, alors Compan a vu rouge, il lui a donné un coup de poing qui l'a fait basculer en arrière par la fenêtre.

– Il n'aurait pas dû perdre la tête, opina gravement M. Roger. Ce n'est jamais recommandé dans ces cas-là. »

Au cas particulier, l'évidence était plus qu'ambiguë, et la façon détachée, presque clinique, dont elle avait été énoncée, suscita chez Mimi un léger malaise.

Un silence s'établit entre eux.

« Veux-tu du thé? demanda enfin M. Roger.

– Oui, merci.

– En tout cas, c'est bien d'être venue, Mimi. Cela fait toujours plaisir de voir que les amis ne vous oublient pas. »

Banalité des plus éculées, mais Mimi ne manqua pas

d'en ressentir quelques remords. Elle reprit, un peu gênée.

« Je dois t'avouer qu'en même temps, je voulais te demander un renseignement. Je pense que tu es le seul à pouvoir me le donner.

– Oui, bien sûr, si je peux... »

Il était passé dans sa cuisine, de l'autre côté d'un petit couloir, et elle entendait couler l'eau d'un robinet. Il devait remplir une bouilloire. Puis, ce fut le ronflement du gaz. Il revint s'asseoir en face d'elle.

« Cela chauffe, dit-il, très académiquement. Que voulais-tu savoir?

– Voilà. Hier, avec M. Lachouan, nous regardions quelques photos d'autrefois, et nous sommes tombés sur celle qu'on avait prise une fois, à Noël, pour les dix ans de Sylvère, est-ce que tu t'en souviens? »

Son visage rond s'éclaira.

« Ah! oui, celle où il y avait le tir aux pigeons?

– Je vois que tu as une excellente mémoire, dit-elle, un peu surprise. Mais ce n'est pas à ce propos que je viens te voir. En fouillant dans ces vieux papiers, nous avons trouvé une liste imprimée, une moitié de liste, plutôt, la deuxième feuille... »

Mimi s'arrêta une seconde pour le scruter.

« Oui?...

– ... des professeurs, des savants, des écrivains, tous des pacifistes militants. Il y avait même des artistes de cinéma! C'est Lamory, l'instituteur de Sylvère, qui les confiait à ses élèves, ces listes, pour les distribuer à leurs parents. Je me suis dit qu'il t'en avait peut-être donné également... il a été aussi ton instituteur, non? »

Le rythme de son élocution ralentit, s'arrêta. M. Roger avait pris une expression sournoise. Il secouait la tête d'un air buté, presque hostile. Il se pencha vers elle, lui chuchota, sur le ton de la confidence :

« Je ne l'aimais pas, M. Lamory.

– Ah! bon », fit-elle, les yeux écarquillés.

Il poursuivit, très bas, comme craignant que leur entretien ne fût surpris par des oreilles indiscrètes :

« Il venait toujours chez moi, il montait la tête à mes parents. C'est à cause de lui que je ne pouvais pas voir les feuilletons, à la télé! D'ailleurs, tu te rappelles, ce tir aux pigeons, Sylvère et moi nous l'avions commandé tous les deux, nous l'avions vu dans une vitrine ensemble. Lui, il l'a eu, mais moi non... C'était sa faute, à M. Lamory.

– Voyons, Roger, dit Mimi en souriant, de toute façon, je crois que, cette année-là, tu as eu quelque chose de beaucoup mieux, non? Ce train électrique si perfectionné avec la commande à dis...

– Mais je voulais un tir aux pigeons! »

Il avait presque hurlé. Le ton était aigu, à la limite de l'hystérie. Sidérée, Mimi le regarda. Il était hors de lui, soudain trempé de sueur, et ses lèvres tremblaient.

« Bon, bon, murmura-t-elle, levant une main apaisante, n'en parlons plus, c'est loin, tout ça... »

Il se leva d'un bond, comme mû par un ressort.

« Je vais voir si l'eau bout! »

Il disparut dans la cuisine. Elle secoua la tête, effarée. Elle avait oublié ses crises de colère quand il était enfant, et tout le mal qu'on avait alors à le calmer. Elle reprit néanmoins, obstinée, élevant le ton afin qu'il pût l'entendre :

« Tu n'as pas répondu à ma question!

– Quelle question? cria-t-il.

– Cette liste...

– Je ne l'ai pas! répondit-il violemment, je n'ai rien gardé de cette époque, tu penses bien! Pourquoi? »

Elle expliqua, patiemment :

« Les noms des professeurs Mériaume et Veauce figuraient dessus. Mais nous ne possédons que le deuxième feuillet. Nous voudrions savoir si, sur le premier, il y avait celui de Mlle Brignac, cette directrice de bibliothèque... Nous aurions alors pu dégager une sorte de dénominateur commun à tous ces crimes... »

Il revint, mais ne s'assit pas.

« Le thé infuse, je te demande encore une minute... Tu veux des petits gâteaux?

– Non merci. »

Il répéta, d'un ton monocorde :

« Je n'ai rien gardé. Ces choses-là ne m'intéressent pas. Et je ne crois pas que cela vous aurait beaucoup servi.

– Eh bien, tant pis, dit-elle joyeusement pour détendre l'atmosphère. On trouvera autre chose... J'ai justement une idée qui peut se révéler intéressante.

– Oui? fit-il, poliment.

– Oui, dis-moi ce que tu en penses. Ce type se déguise chaque fois qu'il commet un meurtre, mais c'est un homme fait, pas un enfant, et il ne pourrait pas se servir des panoplies vendues dans les magasins de jouets... »

Il l'écoutait, la tête baissée, ses mains grêles parcourues d'ondes nerveuses. Il finit par les enfoncer dans les poches de sa robe de chambre.

« ... alors, je pense qu'il a dû acheter ou louer ces costumes chez les costumiers spécialisés pour bals masqués, télé ou cinéma. Il n'y en a pas des masses, tu sais? J'ai regardé les pages jaunes de l'annuaire professionnel. Si le copain de M. Lachouan, cet inspecteur de police, met une équipe dessus, ils pourront assez rapidement faire le tour...

– Je vais voir où en est le thé », coupa-t-il.

Il repartit vers la cuisine, d'un pas traînant, le dos un peu voûté, les mains toujours au fond de ses poches. Elle poursuivit :

« ... Bien sûr, ces commerçants-là ne demandent les identités de leurs clients que lorsqu'ils louent des costumes, pas s'ils les achètent et les paient en liquide, mais en ce cas, justement, l'achat est peut-être assez considérable pour qu'ils se souviennent de leur apparence. Alors, en rapprochant les signalements... et puis, si l'assassin a tout acheté chez le même fournisseur, l'autre se rappellera sûrement de quoi il avait l'air. C'est que finalement, ce n'est pas si courant, hein? Tu te rends compte, un costume de shérif, un de Zorro, un de Guillaume Tell, un d'Indien... »

Il régnait à côté un silence, si pesant qu'elle en ressentit une sorte d'angoisse.

« Tu m'écoutes, Roger? »

La voix de M. Roger lui parvint sourde, comme déformée par l'acoustique du couloir.

« Ton idée me paraît très judicieuse, Mimi. Tu en as déjà fait part à M. Lachouan?

– Non, non, je la lui dirai ce soir, il doit me rappeler. Tu es le premier à qui j'en parle... »

Il reparut avec un plateau, sur lequel il y avait une théière et deux tasses de porcelaine, mais ses mains étaient mal assurées ou les tasses mal posées sur leurs soucoupes, car elles faisaient entendre un tintement cristallin. Il posa le plateau devant eux, lui tendit l'une des soucoupes, où le tremblement s'accentua. Elle se dépêcha de la lui prendre des mains, et ce faisant, frôla légèrement ses doigts.

« Mais tu as les mains glacées! s'écria-t-elle, tu es sûr d'être tout à fait bien?

– Je suis malade, rétorqua-t-il hargneusement. Si je n'étais pas malade, je serais allé travailler, tu t'en doutes bien! »

Il porta la tasse à ses lèvres, but lentement, les paupières baissées, comme s'il accomplissait quelque rite religieux. Il faillit tout de même renverser un peu de thé sur sa robe de chambre. Il reposa finalement sa tasse, considéra Mimi d'un regard vide.

« Oui, je suis malade, répéta-t-il, et il faut m'excuser si j'ai l'esprit un peu troublé... tu vois, même ma mémoire s'en ressent. Parce que maintenant que j'y réfléchis, je me demande si je n'ai pas gardé cette liste.

– C'est vrai? s'exclama joyeusement Mimi, tu l'aurais ici?

– Une seconde, laisse-moi récapituler... »

Et effectivement, il parut s'absorber dans ses pensées, les deux mains sur le visage, soufflant lourdement. Enfin, il releva la tête, dit, d'un ton hésitant :

« Ecoute, je n'en suis pas sûr, mais il me semble que cette liste, cela me dit quelque chose...

– Eh bien, regarde! »

Il se leva, eut un geste vague des épaules, esquissa un sourire un peu confus.

« Je vais te dire, Mimi. Tu trouveras peut-être cela curieux, mais je ne garde pas tout ici. Je dispose d'un local ailleurs.

– Ce n'est pas vrai? s'écria-t-elle, incrédule, tu as un autre logement?... une résidence secondaire?

– Non, non, protesta-t-il aussitôt, la main levée, il ne s'agit pas de cela... Tu le sais, certains des agents travaillant à la Sorbonne sont logés sur place.

– Oui, mais ce n'est pas ton cas?

– Non. Seulement ceux qui disposent de caves personnelles et ne s'en servent pas, les... enfin les prêtent, ou bien les louent, si tu préfères...

– Et toi, tu en as loué une? fit-elle, les yeux écarquillés.

– Oui.

– Mais pourquoi?

– Parce que les vieilles affaires, ici, cela commençait à prendre de la place. Tu sais ce que c'est... les meubles au rebut, les bibelots trop anciens, les livres qu'on ne lit plus, et enfin les documents comme cette liste, les archives en quelque sorte... elle doit être là-bas. »

Il se leva, tout à coup fébrile et semblant encore plus pressé qu'elle d'arriver à la vérité.

« Tu m'attends là, n'est-ce pas, tu m'attends là deux minutes, je passe dans ma chambre, je m'habille et nous irons voir!

– Mais tu es souffrant! s'écria-t-elle, effarée. Et tu n'as pas le droit de sortir à cette heure, je crois?

– Qui me contrôlera? D'ailleurs, je suis à peu près guéri, puisque je dois reprendre mon travail après-demain... Patiente, hein? Ne t'en va pas, j'en ai pour un instant! »

Il avait déjà disparu au fond du couloir, la laissant stupéfaite, debout devant son fauteuil. Elle insista :

« Mais enfin, Roger, ce n'est pas à la minute, ça peut attendre! Rétablis-toi d'abord complètement!

– C'est bon, c'est bon, lui répondit-il, depuis sa chambre, je suis en forme, et, de toute façon, ce n'est pas à plus d'un quart d'heure, tu sais bien! »

Interdite, elle demeurait sur place, les deux mains crispées sur la fermeture de son sac. La rapidité avec laquelle il s'était habillé la déconcerta. Il était déjà en pardessus léger, avec une autre écharpe blanche autour du cou, et coiffé d'une casquette d'écossais à pompon dont souffrait son air de bébé vieilli. Il semblait frappé de hâte subite, et presque haletant à la seule idée de sortir.

« On y va, on y va », répétait-il fébrilement.

Elle le vit ouvrir son attaché-case, où il rangea une torche électrique rapportée de sa chambre.

« Une lampe, Roger, pourquoi?

– La minuterie est parfois capricieuse, dans les caves, il ne faut pas se laisser surprendre... Viens, viens, Mimi. »

Mais au dernier moment, il retourna sur ses pas, prit, dans un tiroir du secrétaire, un petit tube qu'il glissa dans sa poche.

« C'est du valium, lui expliqua-t-il en grimaçant un sourire. Quand je me sens angoissé, j'en prends un et cela va mieux. »

Elle le suivit enfin sur le palier. Il avait éteint toutes les lumières derrière eux, et fermé soigneusement sa porte : trois verrous, plus une barre de renfort à deux points d'ancrage. A présent, il la précédait dans l'escalier, se retournant parfois de façon puérile pour bien s'assurer qu'elle le suivait. Alors qu'ils parvenaient à l'étage au-dessous, une sonnerie de téléphone, très faible, retentit en haut, dans l'appartement. Ils s'arrêtèrent, M. Roger levant son visage mafflu pour mieux écouter.

« On dirait que ça vient de chez toi? dit Mimi.

– Oui...

– Tu veux remonter?

– Je ne sais pas. »

La sonnerie s'arrêta. M. Roger secoua la tête comme pour se débarrasser de pensées importunes.

« De toute façon, je ne vois pas qui cela pourrait être, énonça-t-il d'un ton sans appel. Viens... »

Au rez-de-chaussée, Mimi le questionna.

« C'est dans les caves, tu m'as dit? Les sous-sols? Ce n'est pas là qu'on a trouvé le cadavre de ce Tessel, l'ouvrier de la chaufferie, celui que Zorro a tué?

– Oui, répondit brièvement M. Roger... au fait, tu sais comment ils l'appelaient, ses collègues?

– Non.

– Le fouille-merde, passe-moi l'expression, mais, comme on dit, il était curieux comme une vieille chatte... » Il eut un rire sans joie. « Je ne sais pas si les vieilles chattes sont curieuses, mais lui, on peut dire qu'il fouinait partout. Il espionnait, il suivait les gens... Tu vois, cela ne lui a pas porté chance. »

La chose était dite sur le ton le plus anodin possible, mais tout à coup, Mimi se sentit glacée. Une inquiétude sourde, sans cause bien définie, l'avait saisie à l'estomac. Elle suivit M. Roger dans la rue.

IX

A sept heures trente, François-Frédéric avait refait le numéro de Mimi. Sans résultat. Il s'était dit qu'elle se trouvait peut-être encore chez M. Roger, et qu'à cette heure-ci, il n'était pas inconvenant de l'y appeler. En tout cas, celui-ci pourrait au moins lui dire si elle était repartie de chez lui. Il ne connaissait pas le numéro de téléphone de M. Roger, mais Mimi lui avait dit son nom... Davernon... Daveron?

Il avait alors fait repasser la bande de son répondeur : c'était Dèveron ou Daiveron. Dans l'annuaire téléphonique, il ne trouva aucun Daiveron. Il y découvrit en revanche deux Dèveron, mais un seul Dèveron R. et justement domicilié rue de Tournon, dans ce sixième arrondissement où Mimi lui dit une fois que M. Roger habitait. Fébrilement, s'y reprenant à deux fois tant ses doigts étaient mal assurés, il avait composé le numéro. Personne ne lui avait répondu. Ou ce n'était pas le bon ou, contrairement à ce qu'avait cru Mimi, M. Roger, bravant les règlements de la Sécurité sociale, était redescendu lui faire un brin de conduite...

Alors même qu'il se disait cela, il réalisa qu'il n'en croyait pas un mot. Son angoisse devenait oppressante, intolérable. Il pensa soudain à la réflexion de Mimi concernant les pages jaunes de l'annuaire. La publicité des P.T.T. prétendait qu'on y trouvait tout ce qu'on y cherchait, mais il doutait que la rubrique ASSASSINS y fût mentionnée.

X

En sortant de la maison, Mimi et M. Roger étaient passés devant l'appartement de la gardienne, dont la porte, comme à l'ordinaire était ouverte. Celle-ci leur avait lancé un regard où l'étonnement frisait l'indiscrétion, ce qui avait paru irriter fort M. Roger. « Pauvre vieux, songea Mimi, on ne doit pas avoir souvent l'habitude de le voir en compagnie féminine. Le voilà maintenant perdu de réputation auprès de sa concierge! »

Mais le sentiment d'amusement qu'elle voulait s'imposer s'avéra finalement fugace, vite effacé sous le sourd malaise qui l'avait envahie. Au coin de la rue de Vaugirard, M. Roger s'était soudain arrêté, pour fouiller dans sa poche, ouvrir le tube de valium, et en avaler un comprimé d'un geste rapide du poignet.

« Je préfère, dit-il d'un air gêné à Mimi. Cela m'enlève mes angoisses, tu comprends...

– Mais est-ce prudent, Roger?

– Pourquoi? Cela ne peut faire de mal. »

Il marchait vite, en soufflant, comme pressé d'arriver. Elle le suivait avec peine, malgré de plus grandes enjambées. Devant la Sorbonne, il déclara, d'un ton étouffé :

« Nous n'allons pas rentrer ensemble, Mimi. Toi, tu passes par le 17, qui reste ouvert jusqu'à dix heures pour les usagers des bibliothèques. On ne te demandera rien... Je te rejoindrai au coin de la galerie Rollin, au fond de la cour d'honneur... Tu connais? C'est face aux marches de la chapelle.

– Mais pourquoi?

– Eh, fit-il aigrement remarquer, c'est que je suis en congé de maladie, moi, je n'ai pas le droit de venir à la Sorbonne, et de ce côté, on me connaît!... J'emprunterai l'accès de la rue Saint-Jacques, réservé aux agents logés, je dirai que je rends visite à mon ami Guédéniaud. Les vigiles, à cette porte-là, ils ne savent pas qui je suis, je n'y passe jamais. »

Elle obéit, la gorge un peu serrée, et le trouva effectivement dans la galerie Rollin. De là, il l'entraîna dans la galerie Sorbon, puis dans la galerie des Sciences. Ils y descendirent, à droite, les quelques marches qui menaient à la cour du Courrier. Près des toilettes, débouchait un autre escalier, plus obscur, lequel plongeait vers les sous-sols. Mimi avait essayé plusieurs fois de meubler leur silence, mais Roger n'avait répondu que par monosyllabes, et maintenant, ils ne se disaient plus rien. Il avait fait fonctionner une minuterie, sorti de son attaché-case la torche électrique, qu'il avait enfouie dans sa poche en attendant de s'en servir, exhibé enfin un trousseau de clefs. Avec l'une d'elles, il ouvrit la porte qui se trouvait au bas des marches.

« Tu as des clefs? constata-t-elle d'une voix un peu rauque.

– Bien sûr. A partir du moment où j'ai loué la cave, le titulaire du logement a bien dû me faire faire des doubles pour en disposer!

– Mais tant de clefs!

– C'est qu'il y a beaucoup de portes à ouvrir, surtout après sept heures du soir... »

Ils étaient arrivés dans une galerie au sol de terre battue, au plafond voûté, dont les murs incurvés prolongeaient leur pierre de tuf sous des éclairages latéraux jusqu'aux limites de l'obscurité. Il régnait là un silence minéral, oppressant.

« Je referme, hein, pour ne pas attirer l'attention... »

Le bruit de la clef dans la serrure éveilla, pour l'imagination de Mimi, un écho sinistre, qu'elle s'efforça de traiter à l'ironie. Mais elle ne put s'empêcher de marquer un léger recul lorsque, de la tête, il l'invita à le suivre.

« Viens, murmura-t-il, il y a de la lumière assez loin, et ensuite nous avons la torche. »

Mimi déglutit péniblement : elle n'avait plus de salive dans la bouche. Elle eût voulu s'arrêter là, demander à M. Roger de repartir, mais son amour-propre, plus que sa curiosité, lui interdisait une telle dérobade. L'idée que dehors, la nuit était pleine de lumières et de bruits, l'angoissa tout à coup, et elle puisa un dérisoire sentiment de réconfort à lire sur l'une des portes fermées qu'ils dépassaient, une inscription marquée à la craie, *Jojo-la-Frite,* dont la trivialité la rattachait encore, de façon absurde, au monde extérieur.

Le bruit de leurs pas était assourdi par la terre battue. Ils descendirent encore toute une volée de marches encaissées, au bout desquelles elle retrouva, comme dans ses jeux de scout, la piste d'autres pancartes, *Menuiseries, Plomberie, Chaufferie,* autant d'indications dont la qualité quotidienne la rassura un peu. Elle remarqua, à ses pieds, le dessin de rails à l'écartement étriqué. Le métal, enfoncé par le temps, érodé par l'usure, s'y fondait presque dans la terre.

« Autrefois, il y avait ici un petit train qui faisait tout le circuit », énonça doctement M. Roger.

Ils levèrent la tête. Une sourde rumeur leur parvenait, le bruit d'une foule fantôme dont l'origine était indiscernable.

« Cela vient de la salle Liard, à plusieurs niveaux au-dessus, dit M. Roger. A cette heure-ci, il y a encore des cours. Ce sont les canalisations qui véhiculent les sons. »

Effectivement, contre la voûte basse, couraient des rangées de tuyaux, avec des airs de reptiles figés, tandis qu'à terre, le long des murs, un autre tuyau, d'une dimension plus importante, résonnait du bruit de ses eaux pressées. Ils empruntèrent encore une fois un escalier exigu, menacé par l'escarpement de ses parois. Roger dut allumer sa torche.

« Troisième niveau! » annonça-t-il du ton faussement facétieux des garçons d'ascenseur dans les grands magasins.

Le halo de la torche joua contre des parois sombres, à la menaçante proximité. Un relent âcre, une odeur de siècles morts, prenait à la gorge. Un silence fantastique opprimait les tympans. Ils se courbèrent pour franchir unc petite porte voûtée, se retrouvèrent dans une autre galerie, encore plus étroite, qui serpentait vers un abîme de ténèbres... Ce fut, pendant des minutes interminables, un voyage absurde dans un univers de nuit et de mort, un cheminement fantastique pendant lequel Mimi sentit une peur insidieuse la gagner, glaçant ses extrémités, freinant sa respiration, pesant douloureusement dans sa poitrine. Elle s'arrêta enfin, fit, d'une voix ténue, une voix de petite fille :

« Roger, je veux remonter... Je ne me sens pas bien.

– Mais nous sommes arrivés! » s'écria-t-il jovialement.

Il rectifia aussitôt, un ton plus bas :

« Enfin, on est pratiquement arrivés... »

La torche éclaira, sur leur gauche, l'entrée d'un petit boyau au plafond très bas, obstrué par de vieux meubles de bureau entassés à la diable.

« Tiens-moi la lampe, veux-tu? »

Il la lui mit d'autorité dans les mains, et entreprit, soufflant et ahanant, d'en dégager l'accès.

« Qu'est-ce que tu fais, Roger? souffla-t-elle, qu'est-ce que c'est que cet endroit?

– Un passage, grogna-t-il, un passage condamné après Mai 68, mais moi, j'ai la clef de la petite porte, derrière...

– Quoi, c'est vraiment là que tu loues ta cave? »

Il tourna vers elle un visage ruisselant de sueur,

déformé par un sourire que, tout à coup, elle trouva hideux.

« Loué, non... C'était une plaisanterie, on ne loue pas ces caves, on n'en a pas le droit. Moi, j'ai découvert cette galerie. Plus loin, il y a des locaux abandonnés, dont certains ont encore leurs portes et leurs serrures! Alors, j'en ai... comment dit-on déjà?... squaterrisé deux. »

Il redoubla d'efforts, avec des injures indistinctes contre les objets qui lui opposaient la résistance de leur inertie. Pour la première fois, l'idée qu'il était fou s'imposa dans toute son évidence à la jeune femme, mais en même temps qu'une intolérable envie de fuir, elle fut soumise à cette disposition d'esprit qui consiste à retarder les décisions radicales en espérant quelque miracle obscur : au cas particulier, elle se disait, un peu lâchement, qu'il ne faut pas contrarier les fous. Il lui reprit la torche, saisit sa main dans la sienne – elles étaient glacées toutes les deux – l'entraîna.

« Baisse la tête, la voûte est basse. »

Ils se retrouvèrent dans une nouvelle galerie, exactement semblable aux autres, à cette différence qu'ici, les parois suintaient une humidité tenace. Il s'en exhalait une puissante odeur de moisissure. Mimi se mit à tousser, douloureusement.

« Est-ce qu'il y a des rats? balbutia-t-elle.

– Pas du tout, pas du tout! répondit-il avec enjouement. De quoi se nourriraient-ils ici? L'endroit est condamné... Viens, cette fois, on est arrivés. »

Ils passaient devant des portes ouvertes, béant sur une nuit sans fond. Une seule était soigneusement fermée, M. Roger y frappant du poing contre le battant.

« Cette chambre est à moi! » proclama-t-il, d'une voix rauque.

Et il ajouta, si bas, qu'elle l'entendit à peine :

« Tu vois, l'autre, ce Tessel, il avait réussi à découvrir ma cachette, il m'avait suivi! Mais après, c'est moi qui l'ai suivi, jusqu'à la chaufferie... Si tu avais vu sa figure à ce moment!... »

Mimi se sentit défaillir. Il la scruta d'un air méfiant, la torche braquée.

« Qu'est-ce que tu as, tu as froid?

– Un peu.

– Tu comprends, expliqua-t-il, le regard torve, les gens m'espionnent, ils m'en veulent, tous! Tiens, c'est comme ceux-là, de la liste, c'est à cause d'eux, et à cause de M. Lamory que je n'ai jamais eu les jouets que je voulais! Pourtant, je ne leur avais rien fait, moi! Alors de quel droit ils me persécutaient, hein! Hein?... »

Sa voix s'était élevée à l'aigu, mais l'acoustique du souterrain l'étouffait presque aussitôt, et la seconde d'après, il n'en restait que de vagues échos, des résonances étranges, désincarnées, qui allaient mourir au fond des ténèbres.

« Calme-toi, calme-toi, Roger », souffla-t-elle, au bord de l'évanouissement.

Il lui avait repris le poignet, l'entraînant presque au pas de course, trébuchante, à bout de souffle et de courage.

« Viens, viens, je vais te faire voir quelque chose! »

Ils dépassèrent, à gauche, une entrée obscure, qu'il éclaira, au passage, d'un jet de lumière fulgurant. Il cria, avec une sorte d'enfantine fierté :

« Tu vois, par là, autrefois, on pouvait arriver aux thermes de Cluny! »

Encore une cinquantaine de mètres. Il s'arrêta net devant une porte fermée. Il lui avait lâché le bras. Sur son élan, elle tomba à genoux, les épaules secouées de sanglots stériles, les yeux secs, écarquillés, douloureux. De la main gauche, il s'éclairait, tandis que de la droite, il triait, dans le trousseau, une clef qu'il introduisit dans la serrure. Il repoussa le battant d'un coup de pied, se baissa pour la relever, sans ménagements excessifs.

« Regarde, regarde! »

Il la traîna à l'intérieur, referma la porte derrière eux et s'affaira à allumer une lampe à acétylène posée sur une caisse.

« Attends, j'ai de quoi faire de la lumière, je suis bien organisé, n'est-ce pas? »

La flamme vacilla, s'éleva, resplendit, découvrant à Mimi un spectacle somptueux, angoissant : les murs de la cave étaient tapissés de panoplies enfantines. Elles y étaient toutes, éclatant de couleurs, d'or et d'acier, représentant tous les âges de la bêtise humaine, toutes les habitudes et toutes les imaginations, du centurion romain à Batman, d'Ivanhoé à Gagarine, du pirate malais au motard de police...

« Tout ce que je n'ai pas pu avoir quand j'étais petit », murmura M. Roger d'une voix sourde, vibrant d'extase contenue.

Mimi était si stupéfaite et si absorbée dans cette contemplation qu'elle ne le vit pas reculer, doucement, sournoisement. Le claquement de la porte, derrière elle, la fit se retourner d'un bloc, le regard fou, inondée de sueur. Le temps qu'elle eût réagit, la clef avait tourné dans la serrure, de l'extérieur. Elle se précipita contre le battant.

« Roger, Roger, qu'est-ce qui te prend? Ouvre-moi, tu es... »

La dernière syllabe mourut entre ses lèvres. Elle réalisait que ce n'était surtout pas le mot à prononcer. Elle se colla contre le bois, haletante, dit, d'une voix qu'elle s'efforça d'habiller de toute la douceur possible :

« Allons, Roger, ouvre-moi, ça y est, tu m'as fait peur, c'était une bonne blague, mais maintenant ouvre-moi, Roger, tu veux bien? »

Il ne répondit pas. Elle l'entendait haleter, à quelques centimètres d'elle. Et puis, elle eut conscience d'un mouvement, d'une sorte de grattement, en bas de la porte. Elle regarda à ses pieds. Un petit tube bleu et blanc avait été glissé par l'interstice. Elle le ramassa : c'était le tube de valium.

« Pourquoi? Pourquoi, Roger? chuchota-t-elle.

– Il faut le prendre, Mimi, dit-il, d'une voix rauque, comme soumise à la pression d'une trop forte émotion. Tu comprends, moi, maintenant, je ne reviendrai plus ici avant longtemps, le temps que tu... enfin, que tu ne sois plus une menace pour moi... »

Elle ne saisissait pas sa pensée, secouait la tête, éperdue d'angoisse et d'incompréhension.

« Mais quoi, Roger, quoi, pourquoi? »

De l'autre côté, il prit ce ton de patience didactique utilisé par les instituteurs envers leurs élèves mal ouverts à la pédagogie, ou les médecins avec les malades récalcitrants :

« Enfin, Mimi, tu comprends bien? Moi, quand je me suis procuré ces costumes, je ne pensais pas à ce que je ferais plus tard. Alors, j'ai tout acheté d'un coup, chez le même fournisseur, et en plus, j'ai payé par chèque!... Aussi doit-il être très facile de me retrouver, si tu fais part de ton idée à quelqu'un... »

Elle se sentit fondre de panique, grelotta :

« Roger, Roger, qu'est-ce que tu vas chercher là! Bien sûr que je n'en parlerai à personne, si ça doit te faire du tort, tu penses bien! Laisse-moi sortir, Roger, je t'en supplie! Tu ne vas pas me laisser mourir ici, de faim et de soif? Tu ne peux pas me faire ça! Pas toi! Je suis Mimi!

– Mais il n'en est pas question, Mimi! affirma-t-il d'un ton outré. Comment as-tu pu penser que j'accepterais de te voir souffrir?... »

Après un instant de silence, il ajouta, tout bas :

« C'est pour cela que je t'ai laissé le valium et la lumière. Ces comprimés, on peut les avaler sans eau. Tu prends tout le tube d'un coup et tu t'endors... tu ne souffriras pas, je te le promets!

– Mais on nous a vus! hurla-t-elle, tambourinant à poings perdus contre la porte, on nous a vus entrer à la

Sorbonne, Roger, on te questionnera! On exigera que tu dises... »

Elle dut s'interrompre, la voix noyée par les sanglots qui se bousculaient dans sa gorge.

« On ne me demandera rien, répondit-il d'un ton morne, parfaitement terrifiant. Nous ne sommes pas entrés ensemble, Mimi, j'ai pris les précautions qu'il fallait... »

Elle fut secouée par une révolte puérile, désespérée.

« Je t'avertis, Roger! Si tu t'en vas, si tu me laisses, je détruis tes panoplies, je casse tout ici!

– J'en rachèterai d'autres, dit-il placidement. Ces jouets-là, on peut s'en procurer comme on veut. Mes vrais déguisements, ils sont ailleurs, vois-tu, derrière cette porte que je t'ai montrée, juste avant l'embranchement vers Cluny... avec les armes. Tu ne sais pas, Mimi, les armes, j'ai eu beaucoup de mal à les avoir. Heureusement, quand mon père est mort, il y a deux ans, il m'avait laissé une somme importante, en plus de cette sorte de rente... Oh! je savais que ce serait difficile, mais on a raison de dire qu'avec de l'argent, on obtient tout ce qu'on veut... »

Il parlait bas, d'abondance, se libérant peut-être d'obsessions qu'il comprimait depuis longtemps.

« ... Je sais bien que je me suis fait rouler, d'ailleurs, j'ai dû payer cinq ou six fois la valeur de ce que j'achetais, mais enfin, le matériel était en bon état de fonctionnement... c'est qu'on espérait bien me voir revenir pour d'autres transactions fructueuses! Je m'en moque, l'argent, pour moi, cela n'a pas d'importance, j'ai tout dépensé, mais j'ai finalement obtenu ce que je voulais... Même un fusil mitrailleur, Mimi, j'ai un fusil mitrailleur comme celui d'Eliott Ness, avec des tas de chargeurs ronds... »

Il se tut enfin.

« Roger, murmura-t-elle d'une voix cassée, inaudible, Roger, ne t'en vas pas, ne me laisse pas. Je te le répète, je te le promets, je ne dirai rien, je ne parlerai de tout ça à personne, j'en fais le serment, veux-tu que je jure sur quelque chose? »

Le silence régnait, de l'autre côté, si compact qu'elle crut que M. Roger n'était déjà plus là. Elle appela :

« Roger, réponds-moi, Roger, je sais que tu m'écoutes! »

Il n'était pas parti. Elle l'entendit finalement qui marmonnait, pour lui-même :

« Oui, on dit cela... on dit cela et puis après le temps passe, on se rassure, on oublie... »

Ses semelles raclèrent la terre, le bruit de son pas s'éloigna. Alors, elle se mit à hurler, de toutes ses forces, et tout en sachant parfaitement que personne ne l'entendrait, elle poussa longtemps ses cris, de façon obstinée, régulière, pour se libérer de sa peur et se donner l'illusion de faire quelque chose. Lui, courait dans la galerie. Il tenait serré sous son bras gauche l'attaché-case, sous son bras droit la torche électrique, ainsi maintenue braquée devant lui, et dans cette posture qui évoquait Quasimodo, les index dans les oreilles pour ne rien entendre, il trottinait lourdement. Les cris le poursuivirent cependant tout le temps qu'il se trouvait dans la ligne droite, mais dès qu'il eût franchi le coude du boyau, le son s'étouffa, disparut, dévoré par l'acoustique singulière du lieu.

XI

Alors qu'il pénétrait dans son immeuble, M. Roger fut interpellé par sa gardienne, sur ce ton de cordialité un peu méprisante qu'elle affectait à son égard depuis son adolescence.

« Eh bien, monsieur Roger, vous avez raccompagné la jolie dame? »

Il lui répondit, avec une parfaite urbanité :

« Ce n'était qu'une amie d'enfance, madame Diennot, n'allez pas vous imaginer des choses... »

Elle lui trouva un air déplaisant, presque inquiétant, et rentra chez elle, très mal à l'aise. Il attendit une minute avant d'emprunter l'escalier. Quelqu'un montait sur ses talons, sans doute un voisin du dessus. Il s'efforça de ne pas le regarder, afin d'éluder toute conversation, d'éviter de laisser aux autres le moindre souvenir de ce jour. Il fit fonctionner ses serrures, ouvrit sa porte, mais alors qu'il allait la refermer, une main, derrière lui, en bloqua le battant. Et il se sentit violemment poussé à l'intérieur de l'appartement. Suffoqué, scandalisé, tremblant d'indignation, il se retourna.

« Monsieur Lachouan! s'écria-t-il, sourdement. Qu'est-ce que vous venez faire chez moi?

– Parler », dit François-Frédéric.

Il s'était adossé à la porte refermée, fixait sur lui un regard aigu, où couvait la menace. M. Roger secoua convulsivement la tête.

« Mais enfin, monsieur Lachouan, que signifient de telles manières? On ne s'introduit pas ainsi chez les gens! Qu'est-ce que vous voulez, à la fin?

– Mimi. »

M. Roger tressaillit. Il recula, les deux mains crispées sur la poignée de son attaché-case, lança d'une voix de fausset :

« Quoi, Mimi! Comment, Mimi? Je ne sais pas où elle est, moi! Je ne suis pas chargé de la surveiller! J'étais juste sorti pour prendre un peu l'air...

– J'ai entendu votre concierge.

– Elle dit n'importe quoi! Mimi n'est pas venue, personne n'est venu, je vous assure! »

Il suivit le regard de François-Frédéric vers la petite table où étaient restées les deux tasses de thé, mais il n'eut pas le temps d'imaginer une explication. La tension subie depuis l'arrestation de Compan, l'angoisse qui s'était accumulée depuis le début de la soirée, l'attente incertaine devant la maison de la rue de Tournon, dont il n'était même pas sûr que ce fût la bonne adresse, tout cela avait porté François-Frédéric hors de lui-même. Il n'eut pas conscience d'avoir frappé : son bras était parti tout seul. Ce fut plus qu'une gifle, mais pas tout à fait un coup de poing, un horion maladroit lancé à toute volée, les phalanges à demi fermées. M. Roger le reçut sur le coin de la bouche. Il trébucha en arrière, lâchant son attaché-case pour se rattraper de justesse au bord d'un meuble. Sa casquette, elle, tomba. Il avait mis sa main devant ses lèvres, fixant sur François-Frédéric des yeux horrifiés. Il murmura, d'un ton incrédule :

« Vous m'avez frappé! »

Il agita ses doigts, dont l'extrémité était devenue rouge.

« Et vous m'avez fait saigner... »

François-Frédéric esquissa vers lui un mouvement qui le fit reculer précipitamment contre le mur, haletant, éperdu de frayeur.

« Ne me touchez pas! cria-t-il, je vous interdis de me toucher!

– Où est Mimi?

– Je ne sais pas, bégaya-t-il, vous êtes fou, ce n'est pas possible! Partez! Partez, ou je fais venir la police!

– Le téléphone est là, dit François-Frédéric. Vas-y, appelle! »

La panique parut s'accroître chez M. Roger. François-Frédéric acquit en cet instant la conviction absurde, irrésistible, que le tutoiement l'effrayait encore plus que le coup qu'il venait de recevoir. Et, par association d'idées, un lointain souvenir s'éveilla dans sa mémoire, qui l'amena à changer de tactique.

« D'accord, dit-il, je ne te touche plus, mais la police, c'est moi qui vais l'appeler. »

Il décrocha le téléphone.

« Non, non, haleta M. Roger, la main implorante, non, je vous en supplie, pas la police, pas la police... »

Il s'était tout à coup inondé de sueur.

« Où est Mimi? »

Il ne répondit pas, les yeux hors de la tête, les lèvres molles, les mains tremblant convulsivement.

« Très bien, assez perdu de temps. »

François-Frédéric commença à composer le numéro de Pupenier.

« Arrêtez! »

M. Roger avait hurlé.

« Arrêtez, reprit-il d'une voix imperceptible, je vais vous dire où elle est... Je... je l'ai enfermée, mais elle est vivante, vous savez, je ne lui ai fait aucun mal. Seulement, elle ne peut pas sortir, je vais vous dire où elle est... »

François-Frédéric contint difficilement la joie puissante qui l'inondait. Il avait redouté le pire, même s'il s'était refusé à l'envisager clairement, de peur de donner une dimension irrévocable à ses craintes par la magie de la pensée formelle.

« Où est-elle? »

M. Roger s'essuya la bouche avec sa manche, les yeux baissés, et François-Frédéric eut l'impression qu'il réprimait des sanglots.

« A... à la Sorbonne.

– Quoi! s'écria François-Frédéric, incrédule.

– Oui... dans les sous-sols. Je l'ai enfermée là, le temps de... » M. Roger coula vers lui un regard d'attentive méfiance... « le temps de réfléchir, de voir venir. Et si vous me laissez tranquille, je vous dirai où elle est...

– Pas question, coupa François-Frédéric, nous allons aller la chercher ensemble.

– Mais je vous indiquerai... »

François-Frédéric sentit la fureur l'envahir à nouveau. Epouvanté, M. Roger devança son geste, les avant-bras contre son visage en un geste de protection infantile.

« Non, non, ne me frappez pas, ne me frappez pas, je vais venir, je vous accompagne! »

François-Frédéric le saisit aux revers de son pardessus, le secoua violemment. Il gronda :

« Je t'avertis, Roger, je connais un flic, je n'ai qu'à l'appeler. Alors, de la mauvaise volonté, des talons qui traînent, la plus petite incartade, et moi, je te remets entre leurs mains... Je crois qu'il est inutile de te faire un dessin, hein? La lampe dans les yeux, le tutoiement infamant, les humiliations... et les coups. Parce qu'ils cognent ces gens-là, un peu plus dur que moi, ils ne prennent pas de gants, tu as vu des films? »

M. Roger acquiesçait, il hochait la tête pour signifier qu'il comprenait... Soudain, il mit son pouce dans sa bouche, pleurnichant pitoyablement. Abasourdi, atterré, François-Frédéric sentit fondre sa hargne. Il avait maintenant l'impression de persécuter un enfant. Le cœur inexplicablement serré, il s'efforça de réprimer cette pitié dangereuse, utilisant une trivialité thérapeutique : « C'est qu'il va m'avoir au sentiment, ce con-là! »

Il le secoua.

« Allez, on y va!

– Une minute, une minute, je vous en prie, bredouilla M. Roger. Je veux boire quelque chose, j'en ai besoin, sinon, je vais être malade... »

Il ouvrit un bahut, en sortit une bouteille de chartreuse, voulut s'en servir un verre, mais il tremblait si fort qu'il en renversa une partie sur le meuble. Finalement, il renonça au verre, porta le goulot à ses lèvres, avalant une violente lampée qui le fit tousser éperdument, les yeux exorbités, le visage écarlate.

« Alors, c'est fini? » dit François-Frédéric.

M. Roger reposa la bouteille, ramassa à terre son attaché-case, leva vers François-Frédéric un regard humble, terrifié.

« Voilà, monsieur Lachouan.

– Qu'est-ce qu'il y a, là-dedans?

– Les clefs pour les portes des sous-sols... et une lampe électrique. Il n'y a pas de lumière, là où on va.

– Allons-y, je ne te lâche pas. »

François-Frédéric l'avait saisi au bras. Il se secoua légèrement pour desserrer l'étreinte afin de récupérer sa casquette. Sur le palier, il dit, d'un ton timide :

« Il faut que je ferme, là... »

Il manœuvra soigneusement ses deux verrous et la barre de renfort, avant de descendre lourdement, François-Frédéric sur ses talons. Mais son autre main était libre, et il avait remis son pouce dans la bouche.

XII

De toute cette fin de soirée, François-Frédéric devait garder un souvenir confus d'où l'analyse était absente, réduit à une simple succession de sensations. L'entrée par la rue Saint-Jacques, le nom de Guédéniaud lancé aux vigiles de garde, la petite cour intérieure où débouchait l'escalier descendant aux sous-sols... Ensuite, ce fut le feutrement de la terre battue sous leurs semelles, le clair-obscur d'un interminable labyrinthe dévoré par leur course, et la pérégrination finale, haletante, syncopée, au rythme de décors fugacement arrachés à la nuit par la lueur violente de la torche, qui marquait, sur les vieilles pierres, la vérole du temps.

Ils arrivèrent, tous deux hors de souffle, devant le boyau encombré de meubles réformés.

« Il faut passer par là, dit M. Roger, il faut déblayer...

– Déblaie », ordonna François-Frédéric, lui prenant la torche.

Il avait remarqué combien le tutoiement plaçait d'emblée M. Roger en position d'infériorité, et bien que ce ne fût pas dans ses goûts, il s'obligeait à l'employer. M. Roger obtempéra. Quand il eut terminé, il était littéralement trempé de sueur et, dans toute autre circonstance, François-Frédéric n'eût pas manqué d'en ressentir de la pitié.

« Pourquoi me regardez-vous comme cela, monsieur Lachouan? demanda M. Roger, saisi par l'inquiétude.

– Tu comptais revenir la délivrer?... Quand? »

M. Roger hésita un instant.

« Mais... mais je ne sais pas... cette nuit, sans doute, ou alors demain, à la première heure.

– Et tu avais tout remis en place? Voilà beaucoup de travail pour rien, Roger, tu manques d'organisation... ou de sincérité. »

L'autre, la tête baissée, évitait son regard, respirant difficilement. Il murmura enfin :

« C'est encore un lieu ouvert au passage, ici... on s'étonnerait de voir tous ces meubles au milieu. »

Il tendit la main pour récupérer sa lampe, mais François-Frédéric secoua la tête.

« Non, finalement, je la garde. Ça te permettra de mieux sucer ton pouce... »

M. Roger sembla comme attristé par une ironie si déplacée. Il ouvrit sans mot dire la petite porte, mais parvenu dans la galerie suivante, il ralentit le pas. François-Frédéric le poussa rudement en avant.

« Allons, allons! »

Ils franchirent le coude du souterrain, dépassant le boyau qui, à gauche, était censé mener vers les thermes de Cluny. Mimi devait les avoir entendus, car elle se remit à hurler en cognant à coups redoublés contre la porte. Du poing, François-Frédéric frappa M. Roger dans le dos. Il intima, d'une voix rauque :

« Avance!... et ouvre, ouvre vite, Nom de Dieu! »

M. Roger trottina jusqu'au local, dont le chambranle laissait filtrer les rais de lumière provenant de la lampe à acétylène, restée allumée. Il entreprit de rechercher dans son trousseau la clef idoine, mais ses doigts, tremblant violemment, retardaient l'opération. François-Frédéric cria :

« Ne vous faites plus de souci, Mimi, nous allons vous délivrer! »

La serrure fonctionna. François-Frédéric reçut dans ses bras une Mimi sanglotante, éperdue, décoiffée, qui n'arrivait plus à trouver ses mots. Elle bégaya enfin, péniblement :

« Je le savais, je le savais, il ne pouvait pas me faire ça, Roger, je savais qu'il reviendrait... mais pourquoi vous a-t-il ramené avec lui, F.-F...?

– C'est moi qui l'ai ramené », dit François-Frédéric.

Il lui caressait les cheveux, très troublé, et en même temps tout à fait gêné. Pathologiquement scrupuleux, il avait l'impression d'abuser de la situation. Pourtant, elle ne bougeait pas, murmurant doucement contre sa poitrine :

« Il ne faut pas lui en vouloir, F.-F., je crois qu'il est fou... Vous savez qu'il dispose d'un autre local, un peu plus loin, où il a caché ses déguisements... et même, à ce qu'il m'a dit, des armes à feu, un fusil mitrailleur. Il faut le soigner, le malheureux... Tenez, regardez... »

Elle lui montra le tube de valium.

« Il m'a laissé ça pour m'épargner des souffrances. Il ne devait plus revenir, me laisser mourir ici...

– Ah! l'ordure! »

Fou de rage, François-Frédéric la repoussa pour se tourner vers M. Roger. Il avait disparu.

« Il est parti!

– Mais il n'a rien pour s'éclairer!

– Ne vous faites pas de souci pour lui, dit François-Frédéric, exaspéré, il doit connaître les lieux par cœur. Venez, vite, il a gardé les clefs, il peut refermer les portes derrière lui! »

Ils se précipitèrent au-dehors, précédés du halo fébrile de la torche électrique. Au moment où ils dépassaient le tunnel menant aux thermes de Cluny, un son leur parvint, de plus loin, qui les figea sur place, glacés. On sifflait, dans le souterrain, un air scandé, très musical, et au demeurant fort bien modulé, dont les aigus prenaient, à cette acoustique confinée, des sonorités surnaturelles.

« Qu'est-ce que c'est? » gronda François-Frédéric, hérissé.

Il vit à Mimi des yeux écarquillés, perplexes.

« C'était l'air d'un feuilleton de télé, quand j'étais petite... ça s'appelait *Thierry-la-Fronde...* »

Elle n'avait pas fini de parler qu'un sifflement sinistre traversait l'air, tandis qu'un projectile ricochait violemment contre le mur, où s'envola de la poussière de tuf.

« Ah! Nom de Dieu, abritez-vous, Mimi! »

Ils reculèrent précipitamment vers les panoplies, la porte résonnant d'un nouvel impact, juste entre eux.

« Je vous ai vus! cria-t-on, du fond de la galerie, vous ne m'échapperez pas, messire Florent! »

C'était une voix claire, triomphante, cristalline, la voix d'un enfant de dix ans; plus du tout celle de M. Roger.

« Oh! Mon Dieu, il est fou, c'est horrible! » s'écria Mimi, qui se remit absurdement à sangloter.

François-Frédéric jeta un regard traqué autour d'eux. Il n'y avait rien, dans les panoplies qui pût servir d'arme de défense. Tout était en plastique et en caoutchouc. L'autre, au bout de la galerie, s'était remis à siffler son chant de guerre. Encore une fois, l'air vibra sous la violence inouïe d'un troisième projectile, qui vint heurter les panoplies, au fond du local. Courbé en deux, François-Frédéric alla le ramasser : Thierry-la-Fronde s'était modernisé, il employait des billes d'acier.

« Il a dû aller ouvrir son deuxième local, chuchota Mimi. Qu'est-ce qu'on peut faire, F.-F.?

– A distance, pas grand-chose, reconnut-il. Et lui, il ne se laissera pas approcher. C'est qu'il la manie bien, cette maudite fronde! »

Son attention revint aux panoplies, s'arrêta sur l'une d'entre elles, celle de Robin des Bois. Elle comprenait un arc, arc bien modeste, avec des flèches apparemment inoffensives, mais enfin, une arme de jet, et puis les flèches, empennées, pouvaient ne pas manquer de précision. En quelques secondes, il eut défait la panoplie, saisi l'arc, dont il testa la vigueur : c'était décourageant. Il en raccourcit la corde, afin de mieux le bander et d'en obtenir plus de force.

« Qu'allez-vous faire? demanda Mimi, le souffle suspendu.

– Franchement, je ne sais pas bien. Peut-être une flèche bien ajustée pourrait-elle l'effrayer?

– Avec ces ventouses de caoutchouc?

– Il n'y a qu'à les retirer... »

Mais ce n'était guère mieux. Le bout des flèches étaient parfaitement cylindrique, sans aucune aspérité susceptible de causer la moindre blessure. En désespoir de cause, François-Frédéric explora ses poches. Ses doigts s'arrêtèrent sur l'un de ses goussets, y tâtant un objet dur, métallique : son fameux taille-crayon.

« J'ai une idée », fit-il d'un ton rauque.

Ayant ôté les ventouses en caoutchouc des deux autres flèches, il entreprit de les tailler en pointe. Elle le regardait faire, les mains tremblantes, la respiration courte.

« Mais vous pourriez le blesser!

– Vraiment? ricana-t-il, quel dommage! »

Il tourna vers elle un visage presque hostile.

« Vous, vous restez ici, Mimi, vous ne bougez pas, vous ne dites rien. Vous attendez... »

Sans lui laisser le temps de répondre, il se rua dans la galerie, torche braquée en avant pour aveugler l'adversaire. Une bille frappa le sol de plein fouet derrière lui, mais l'autre dut prendre peur, car les parois lui renvoyèrent l'écho d'une fuite précipitée. Parvenu au tunnel de Cluny, François-Frédéric s'y embusqua, éteignant la torche. Un silence très lourd pesa dans le souterrain. François-Frédéric banda son arc, qui lui parut dérisoirement léger. Il se dit, vaguement, qu'il devait opérer de tout près. Il avait gardé dans sa poche la bille d'acier ramassée un peu plus tôt. Il la jeta bruyamment, non pas dans la direction de M. Roger, mais vers Mimi, afin que le son fît croire que lui-même était revenu sur ses pas.

Encore une minute de pesante attente. François-Frédéric sentait la sueur couler sous sa chemise. Sans débander son arc, d'un revers de l'avant-bras, il essuya son front ruisselant. Il perçut enfin le bruit d'un pas prudent sur le sol. Une faible lumière, provenant du local aux panoplies, éclairait vaguement le souterrain. M. Roger apparut. Il avait revêtu des habits médiévaux, coiffé une toque verte, et balançait à la main une fronde chargée, prête à servir. François-Frédéric ne put s'empêcher de frissonner. Dans la pénombre, ce visage de bébé convulsé, ravagé de tics, où la folie sourdait comme une eau blême, lui paraissait plus terrifiant que le masque horrible de Frankenstein. Le ventre lourd, il attendit que M. Roger parvînt à son niveau. Alors, sans viser autre chose que le centre de sa cible, il décocha sa flèche.

Le trait frappa M. Roger au flanc gauche, où il resta planté une seconde avant de retomber. L'autre, avec un cri sourd, avait lâché sa fronde pour porter les mains à ses côtes. Il recula hâtivement, criant d'une voix rauque, stupéfaite, indignée :

« Vous m'avez fait mal, là, vous m'avez fait mal! »

François-Frédéric se précipita vers le local aux panoplies, où Mimi, défaite, se tenait appuyée au chambranle de la porte.

« Vite, partons vite! Profitons de son affolement!

– Vous l'avez blessé?

– Je ne sais pas, je m'en fous, vite! »

La voix de M. Roger s'éleva soudain dans la nuit, plaintive, accusatrice.

« Vous m'avez fait saigner! Je saigne! »

Ensuite, il y eut le bruit d'une serrure qui fonctionnait, à deux reprises. L'un traînant l'autre, ils se mirent à courir, mais devant une porte fermée, Mimi, malgré elle, ralentit, forçant François-Frédéric à s'arrêter.

« Il doit s'être réfugié là, dit-elle d'une voix tremblante. Regardez, il y a de la lumière sous la porte, il a sûrement une lampe ici aussi... Il s'est enfermé, il a peur.

– Venez!

– Il est peut-être blessé.

– Allons donc! explosa François-Frédéric, tout juste égratigné! C'était de la rigolade, cette flèche, seulement la vue du sang l'affole, ce tueur délicat, surtout quand c'est le sien... »

Et comme elle tentait d'écouter, l'oreille collée au battant, il l'entraîna, avec une sorte de brutalité vengeresse.

« Croyez-moi, nous avons intérêt à être loin quand il aura repris ses esprits, surtout s'il y a vraiment des armes à feu là-dedans! Thierry-la-Fronde, on a pu s'en tirer, mais avec Dillinger, aucune chance! »

Heureusement, toutes les portes, derrière eux, avaient été laissées ouvertes. Ils retrouvèrent le passage aux vieux meubles, puis se lancèrent à travers les galeries inférieures de la Sorbonne, où, pendant un quart d'heure, ils errèrent sans pouvoir retrouver leur chemin. Finalement, ils découvrirent un escalier étroit qui leur fit gagner un niveau, et dès lors, ce fut plus facile. Ils se heurtèrent tout de même à plusieurs portes fermées avant d'en arriver enfin à la cour intérieure que M. Roger leur avait fait emprunter.

Ils débouchèrent à l'air libre du côté de la rue

Saint-Jacques, où le vacarme et les lumières de la nuit parisienne les assaillirent comme une ivresse. Ils sortirent de la Sorbonne sous l'œil intrigué et vaguement goguenard des vigiles.

« Nous devons avoir un aspect épouvantable », dit Mimi.

La féminité reprenait ses droits.

XIII

« Que faisons-nous, pour Roger? demanda timidement Mimi, alors qu'ils arrivaient rue Monsieur-le-Prince.

– Je ne sais pas », dit François-Frédéric, maussade.

Mimi secoua la tête, les yeux pleins de larmes.

« Franchement, F.-F., où est notre devoir, dans tout ça?

– Je ne me reconnais pas d'autres devoirs que ceux que je me fixe moi-même, répondit-il d'un ton âpre, et pour l'instant, c'est trop tôt... il faut que j'y réfléchisse... »

Il ajouta, mû par une sorte de remords confus qui le rendit furieux contre lui-même :

« Je l'ai frappé, Mimi, tout à l'heure, et il s'est mis à sucer son pouce comme un enfant qu'on a grondé. Je crois qu'il a vraiment besoin d'être soigné.

– Pauvre Roger... » murmura-t-elle, un peu platement.

Ils demeurèrent silencieux une bonne minute, digérant peut-être leurs émotions, ou bien pensant aux lendemains qui les attendaient. Elle regardait ses chaussures, et dit soudain, sans lever les yeux :

« Voulez-vous venir prendre un dernier verre chez moi, François-Frédéric? »

La phrase, prononcée difficilement, tira derrière elle

un silence lourd d'implications. Comme il ne répondait pas, la gorge nouée, elle poursuivit, le regard toujours à terre :

« J'ai besoin d'être rassurée... J'ai eu très peur, vous savez? »

Il dit enfin, tout doucement.

« J'apprécie votre délicatesse, Mimi, vous semblez me demander un service, mais moi, si j'accepte maintenant votre invitation, j'aurai l'air de venir chercher une prime.

– Vous avez votre dignité, n'est-ce pas? fit-elle, avec un rien d'amertume.

– Appelez ça comme vous voudrez... Franchement, vous attendiez-vous à ce que je profite de l'occasion? »

Elle hésita.

« Non... non, je ne m'y attendais pas, je me contentais de l'espérer. Peut-être que vous êtes un type bien, F.-F... peut-être aussi que je suis un peu vexée, mais ça ne fait rien, O.K., O.K. je comprends. On se téléphone?

– On se téléphone.

– Demain? dit-elle, la voix un peu rauque.

– Demain. »

Il repartit, à pas lents. Il avait voulu donner dans la désinvolture et le panache, mais il n'y croyait pas assez pour se consentir longtemps un tel effort. Il se dit que si l'intelligence est vraiment, comme on le prétend, une faculté d'adaptation aux circonstances, alors pas de doute, il était le roi des cons. Il se dit aussi qu'il n'avait pas pris de cuite depuis des années, et qu'il allait s'en offrir une, à la santé de Mimi, à la santé de Pupenier, à la santé de Savant-fou, et aussi – tant qu'à faire – à la santé de M. Roger.

ÉPILOGUE

Ce fut, pour François-Frédéric, une nuit étrange, dans la mouvance logique et absurde de ce cauchemar éveillé, où le dérisoire le disputait au tragique. Sa cuite, il ne la cultiva pas de bar en bar, car c'était un solitaire, que la compagnie des autres n'inspirait guère. « Vous n'aimez pas les gens » lui reprochait volontiers Mme Mainières, à laquelle il répondait invariablement : « Qui n'aime pas les gens n'aime pas les bêtes », la digne femme s'indignant de voir ainsi dévoyée l'une de ses sentences favorites.

Il entreprit donc de vider à domicile une bouteille d'alcool. Il espérait y trouver la sérénité, l'oubli, ou au moins le sommeil. Il ne trouva rien de tout cela, mais une exaltation croissante au fil des heures qui s'écoulaient. Il finit par perdre assez son sens habituel de l'analyse pour se surprendre, écoutant à la radio « Les routiers sont sympas ».

Aux premières heures du matin, il n'avait toujours pas sommeil et se tenait des raisonnements spécieux sur les droits et les devoirs du citoyen. Comme il était trop tard pour dormir et que sa conscience professionnelle était réglée pour sonner à neuf heures, heure d'ouverture des bureaux, il décida de fouetter au café fort son énergie administrative.

A huit heures, le temps étant frais et agréable, il répudia ses moyens de transport habituels pour se rendre à pied sur les lieux de son travail. Il n'allait pas très droit. Boulevard Saint-Germain, il heurta légèrement une femme, à qui il présenta ses excuses d'une voix raide. La dame le prit fort mal, lui lançant, de façon très classique :

« Mais vous êtes ivre!

– Pas du tout, madame, répondit-il avec hauteur, ce sont mes ailes de géant qui m'empêchent de marcher. »

Ce fut seulement en arrivant rue de la Sorbonne, vers neuf heures moins le quart, qu'il commença à se douter de quelque chose. Des cars de police étaient rangés le long de la rue, et plus haut, au niveau de la rue Cujas, la circulation était détournée vers le boulevard Saint-Michel. Il fit le tour du bâtiment par la rue des Ecoles. Les portes étaient fermées. Rue Saint-Jacques idem, et certains fonctionnaires matinaux – cela existe – piétinaient devant les accès où des gardiens de la paix montaient une garde vigilante. Les conversations bourdonnaient, tandis que, sur le trottoir opposé, les badauds commençaient à s'attrouper.

Il s'enquit. On ne savait à peu près rien, mais le bruit courait qu'un drame s'était produit dans la cour d'honneur, où l'on avait entendu des coups de feu. Les locataires de fonction avaient été évacués, ainsi que les agents déjà au travail dans les bureaux ou les ateliers. François-Frédéric emprunta la rue Cujas, où il vit descendre, d'une voiture banalisée, un homme en civil muni d'un mégaphone, qui se hâtait vers l'une des entrées. Et là, il tomba sur Pupenier, très affairé, très soucieux.

« Qu'est-ce qui se passe? »

Pupenier le dévisagea. Il devait lui trouver un air un peu bizarre.

« Nouveau développement, annonça-t-il laconiquement. Un dingue a grimpé au sommet de la chapelle, sur la coupole, et il a tiré des coups de feu sur les gens qui pénétraient dans la cour d'honneur... aucun blessé, heureusement, mais ça peut ne pas durer. Les gros bras du G.I.G.N. sont en route. »

Le silence prolongé de François-Frédéric éveilla son attention.

« Vous avez une idée? lui demanda-t-il.

– Oui, dit François-Frédéric, on arrive à le voir, ce fou?

– On distingue sa silhouette.

– Si vous me ménagez un panorama, je pourrai peut-être vous renseigner.

– Alors, vous avez une idée?

– J'en ai une. Permettez seulement à ma pudeur de ne rien avancer dont je ne sois sûr.

– Bon, venez. »

On s'écarta devant eux, avec un respect que François-Frédéric trouva du plus haut comique. Il avait tendance, ce matin-là, à considérer toutes choses sous leur angle le plus cocasse. Ils empruntèrent successivement la galerie Dumas, la galerie Gerson, la galerie Richelieu, et enfin la galerie Sorbon, grand détour au terme duquel ils arrivèrent aux abords de la cour d'honneur, interdite à tous.

« Regardez, dit Pupenier, il est posté tout là-haut, mais attention, ne vous faites pas voir, il a déjà tiré. »

A l'abri d'une des colonnes de la galerie, François-Frédéric se pencha. Il distingua, au sommet de la coupole, sous la lanterne aux huit arcades, une petite silhouette noire, accroupie derrière la balustrade en fer forgé.

« Comment est-il parvenu là-haut? »

Pupenier expliqua, d'une voix brève, tendue :

« D'après les témoignages recueillis, il serait passé par l'escalier de la rue Victor-Cousin, qui mène aux appartements de fonction. Là, dans le couloir, de petites fenêtres donnent sur les toits. C'est assez facile d'accès, d'autant qu'un garde-fou – si je puis me permettre l'expression – est aménagé au niveau des gouttières.

– Et ensuite? Il n'y a rien pour arriver à la lanterne. »

Pupenier tendit le bras.

« Il y a ces échafaudages. On procède aux travaux de réfection du toit. Les ouvriers n'étaient pas encore là, ce matin, quand l'homme s'est amené. Il a utilisé leurs échafaudages et les échelles laissées sur place.

– Quelqu'un l'a vu?

– Oui, de loin. Il semblerait qu'il soit armé d'un fusil, ou peut-être d'un fusil mitrailleur. Il portait un objet oblong enveloppé dans de la toile cirée. Quant à son apparence... »

Pupenier marqua une hésitation.

« Oui...?

– Il serait habillé de façon démodée... dans le style des années 20. Il se prend peut-être pour Al Capone?

– Ou pour Bonnot », dit doucement François-Frédéric.

Leurs regards se croisèrent, Pupenier détournant aussitôt les yeux.

« Pourquoi Bonnot?

– Parce que cet homme a trente-trois ans. »

Pupenier le saisit violemment au bras.

« Alors, vous le reconnaissez?

– Je le connais. »

Pupenier ouvrit la bouche, mais se tut. Il y avait soudain du mouvement, tout autour d'eux. Sous la voûte du 17, des gens en uniforme s'activaient, courbés en deux, et sur les toits du bâtiment, de chaque côté de la coupole, de petites silhouettes grises progressaient avec précautions. Le siège s'organisait.

« Le jour se lève, murmura François-Frédéric.

– Pardon?

– Rien, une référence cinématographique. Comme le Gabin de la fin des années 30, ce pauvre type n'a aucune chance : il ne détient pas d'autre otage que lui-même.

– Qui est-ce? questionna Pupenier, d'une voix brûlante.

– M. Roger, celui qui était devant nous, à la queue de la cantine, il y a deux ou trois mois. »

Incrédule, Pupenier secoua la tête.

« Mais enfin... il est devenu fou ou quoi?

– On peut appeler ça comme on veut. Moi, je dirais qu'il a choisi de se retirer du monde des adultes.

– Comment, adultes? répéta Pupenier, éperdu de perplexité.

– Oui, Pupenier. Vous avez entendu parler de ces enfants qui se pendent ou se jettent dans la rivière parce qu'ils ont eu de mauvaises notes, parce qu'ils ont fait une bêtise?... C'est ça. Il a peur d'être grondé, il a peur d'être battu. Alors, il a décidé d'aller jusqu'au bout de son jeu, de ne plus en sortir.

– Mais il va se faire tuer, nom de Dieu! s'écria Pupenier, à bout de nerfs.

– Et alors? Au point où il en est, la mort devient une notion tout à fait abstraite. »

Le silence revint entre eux, lourd de tout ce qui ne se disait pas. Pupenier demanda enfin, presque timidement :

« Dites, Lachouan... est-ce que ce garçon ne serait pas le responsable de tous ces meurtres absurdes?

– Question de degré, répondit François-Frédéric, d'une voix sourde. Les vrais responsables sont ailleurs, Pupenier. Ce sont les cons, cons de tous poils, de tous grades, de toutes couleurs, de toutes races et de toutes religions, qui prétendent imposer leurs vérités respectives au nom des valeurs immuables ou des idées nouvelles... »

Les émotions des dernières heures, ce drame qui s'ébauchait et auquel il voyait une issue lamentable, son propre tempérament porté vers la provocation et le défi au monde, l'alcool, le café, tout cela contribuait à plonger François-Frédéric dans un univers où les réalités perdaient leur relief, se dévoyaient jusqu'à la caricature. Il avait saisi Pupenier par l'un de ses revers, chevrotait d'un ton rauque, dérapant sur les aigus :

« ... Et quand je dis les cons, Pupenier, il ne s'agit pas des petits cons de tous les jours, ceux qui s'arrêtent pile en haut d'un escalier mécanique parce qu'EUX, ils sont arrivés, ceux qui font hurler leur avertisseur aussitôt que le feu vert s'allume, à plus de dix voitures en avant, ceux qui pensent que toute vérité est contenue dans les livres saints, les tuyaux chuchotés à l'oreille, la presse du cœur ou les journaux télévisés, ceux qui n'écoutent qu'eux-mêmes et ceux qui n'écoutent que les autres! Je ne parle pas seulement des grands cons dûment reconnus par l'intelligentsia officielle, les cons classés et homologués comme Duzais et consorts, mais des autres, les supercons de la pensée, les hypercons de la culture, les donneurs de leçons épanouis dans leur outrecuidance, qui couchent leur nom et leur état sur des pétitions, comme si le fait de travailler dans l'abstrait les autorisait à porter des jugements sans appel sur les réalités quotidiennes! Les faux démocrates et les vrais hypocrites, se réclamant de Démocrite ou d'Hippocrate pour paver de leurs bonnes intentions les enfers enfantins, hommes d'art, de lettres, de morale, de science et d'ailleurs, auprès de qui un balai, c'est Einstein!... Tous ces adjudants de l'esprit à cause de qui le pauvre type, là-haut, va se faire descendre comme un lapin, ce sont eux qu'il faut enfermer, Pupenier, c'est à eux qu'il faut passer les menottes, parce qu'en vérité, je vous le dis : ce qui rend les hommes dangereux, c'est moins les idées qu'ils ont que leur certitude que ce sont les seules bonnes!... »

Il lança ses deux bras vers la voûte, en une invocation véhémente et dérisoire :

« M. Roger-Savant fou, même combat! Psychologues de mes deux, je vous hais, je vous exècre, je vous abhorre et je vous abomine! »

Puis, avant que Pupenier eût pu le retenir, il s'élança au milieu de la cour, hurlant :

« Ne tirez pas, ne tirez pas! Halte au feu, Jour de Dieu, halte aux cons, halte au cons!

– Revenez, Lachouan! cria Pupenier, affolé, il va tirer! »

Il déboula à son tour de dessous les arcades, plaqua François-Frédéric aux jambes. En haut de la chapelle, une arme automatique s'était mise à aboyer. Des balles mordirent aigrement le pavé, tout autour d'eux, tandis qu'on entendait dégringoler des vitres. Sur les toits, les silhouettes grises s'étaient aplaties à l'abri des lucarnes et, de la rue, provenaient des coups de sifflet stridents.

« Planquez-vous, bon Dieu! » hurla un homme casqué, sous le porche.

François-Frédéric et Pupenier se relevèrent, coururent se jeter derrière la première colonne de la galerie Sorbon. Les détonations se succédaient sur un rythme saccadé : du sommet de la coupole, le fusil mitrailleur tirait sur tout ce qui bougeait. Entre deux rafales, le tueur suçait son pouce.

TABLE

OUVRAGES PUBLIÉS

SOUS LE NOM DE RENÉ SUSSAN

Littérature générale :

LA ROUTE DES VOLEURS.
HISTOIRE DE FARCZI (prix Cazes, 1965).
DUPONT ET LE BONHEUR DES HOMMES.
L'ÉTOILE DES AUTRES
(grand prix de littérature de la fondation del Duca
pour l'ensemble de l'œuvre, 1967).
LA VILLE SANS FANTÔMES.

Science-Fiction (Collection « Présence du Futur »)

LES CONFLUENTS.
L'ANNEAU DE FUMÉE.
LES INSOLITES
(grand prix de la Science-Fiction française, 1985).

SOUS LE PSEUDONYME DE RENÉ RÉOUVEN

Romans policiers :

OCTAVE II.
LES HUMEURS FATALES.
MORT AU JURY (feuilleton télévisé FR3, 1974).
L'ASSASSIN MALADROIT (grand prix de littérature policière, 1971).
MONSIEUR JOSUÉ.
SIX PERSONNAGES EN QUÊTE DE MEURTRE.
LE BOUTON DU MANDARIN.
LE QUIDAM ET LA MORT.
LES CONFESSIONS D'UN ENFANT DU CRIME.
GRAND-PÈRE EST MORT.
UN TUEUR EN SORBONNE.
L'ASSASSIN DU BOULEVARD.
LA RAISON DU MEILLEUR EST TOUJOURS LA PLUS FORTE.

Hors collection :

TOBIE OR NOT TOBIE.
DICTIONNAIRE DES ASSASSINS.

A paraître en 1987 :

LE BESTIAIRE DE SHERLOCK HOLMES.

SOUS LE PSEUDONYME D'ALBERT DAVIDSON

ÉLÉMENTAIRE, MON CHER HOLMES.
(prix Mystère de la Critique, 1983).

IMPRIMÉ EN FRANCE PAR BRODARD ET TAUPIN
Usine de La Flèche (Sarthe).
LIBRAIRIE GÉNÉRALE FRANÇAISE - 6, rue Pierre-Sarrazin - 75006 Paris.

ISBN : 2 - 253 - 04304 - 4 30/6389/8